探路

王定國

有人問我為何還要熬夜寫作，我說我從那個虛華的世界中逃走了，眼前只剩一條小路可以抵達文學的森林，這裡人煙稀少，寂寞最多，卻也有著我所嚮往的自由，像一隻鳥拍拍翅膀就能飛過天空。

目次

停泊

對峙

自序

文學這條路

這本書是我復筆以來最意外的寫作。

我已三十年未曾寫過抒情的散文，全都因為怯於表達自身的過往，何況一直以來的生活與寫作都極隱密，碰上散文這種非真不可的文體，很怕真情流露反又沾染過多的悲傷，除非懂得藏，然而藏也是露的一種，藏久了不就說得更多嗎？

這本書便是終於藏不住的寫作，勇敢地面對青春年少，苦澀地緬懷那些斑駁的聲影，然後微笑著透露現在此刻回歸淡泊的情懷。這幾個過程頗像拿一把剪刀在歲月裡剪枝，拾回來嫁接在老態的樹幹上，新枝會重生，老會被原諒，如此一番送往迎來，好有一種抒情過後難得鬆口氣的蒼涼。

五十篇的散文，來自張瑞昌與簡白合力邀約的「三少四壯」專欄，每次都是深夜跨過凌晨，好比只為燈塔渡海，抵達後才發現燈光只照遠方，塔下仍然幽暗一片，偶爾便就反身探入小說的航路，直到彷彿聽見海鷗從另一個深淵的世界飛來。

四年來，寫作已成為我的生存方式，反而不是依賴風中雨中的建築戰場。即便外面呼朋引伴的聲音催促，每晚關起門後反而天地更寬，門內有我十七歲的孤單，有歷盡千帆後的獨白，自然也充滿著我從文學體會到的謙卑、忍讓、寬恕與善良，使我走在白天的路上可以摒棄一個商人的銳色與貪婪。儘管文學使我更為渺小，卻也因為它一直和我同在，每天我所嘗試超越淺薄極限的天真便顯得有些浪漫，且非常溫暖。

因此，容我再說一次，感謝天上的神讓我安於寫作，使我感到光榮。

出航

暗戀

我的童年世界裡只有一個畫面最美。說來是見笑的，卻又不能長遠放在心裡，隱藏太久的事物難免都會變質，就像暗戀一個人最後變成了羞恥。

當然，現在說的與愛無關，我只想說說那一條河流。

每當颱風大雨剛過，暴漲的水岸逐漸消退後，正是魚群飢餓覓食的時間，這時我的父親就會扛著魚網來到橋邊，先用一條粗麻繩綁住魚網，繩索的另一端則緊扣在橋頭的水泥護欄上。這幾個動作完成後，他就開始放繩，讓垂降的繩索懸著大魚網緩緩落到橋下，直到它完全沒入水中。

那笨重的漁具在當時的鄉村有個俗名，台語叫它「四腳罾」，每邊長約十餘尺，四個角落撐著長竹竿，竹竿交叉形成彎拱，底下便是軟沉沉的大網，網底包著一團誘餌，沉入水底後開始等待魚群聚集而來，收網的時間全憑感覺，只要一瞬間猛力拉起繩索，水漾之處幾乎沒有任何魚蝦可以遁逃。

我的童年，我最懷念的那個瞬間其實剛剛已經一閃而過。重來一次，「開始等待魚群聚集而來……」這裡請你暫停，因為我的父親正在抽煙。他蹲在橋邊，腳下一盞油燈，一個裝水的鉛桶，一個回家時要把魚蝦倒進去的大竹簍。當然，旁邊還有一個七歲的我，我帶著母親煮好的點心麵線來，我們住在鹿港的菜園路，走上一段陡坡就能爬上這裡的福興橋。

我說慢一點，福興橋是鹿港通往福興鄉的水泥橋，橋下就是福鹿溪一路漫流過來的水尾，但有時海那邊的潮水倒灌時，也會把某些海洋魚類帶進來。我父親是泉州街一家木器廠的工人，因此，他來這裡網魚通常都是下工後的夜晚，當他抽著香煙等待魚群聚集時，路面和天空都一起融入灰濛濛的幽暗中，只有一葩小小的油燈照著他的臉，當然還剩下一點點餘光捉弄著心裡怦怦跳的我，我的眼睛像油燈的火苗那樣興奮地閃爍著。

這時，那神祕動人的畫面就快要出現了。我父親總算抽完香煙站了起來，他乾咳一聲，打開掛在額上的頭燈，用力呼出最後一口廢氣，然後開始拔起那條黑暗中的繩索。我趴著橋欄往下看，水面在這剎那間終於冒出那四根長竿的彎拱，沉甸甸的魚網緊跟著慢慢浮現，河流像是一下子被魚網攔住了，我那童稚的眼淚幾乎每次都在這個瞬間掉了下來。

生命不能重來，但還沒拉上來的魚網卻能暫時停擺。我父親知道這孩子天生一種怪癖，莫名喜歡那麼一種拉長時間的等待，這時他會乾脆把拉到一半的繩索纏在水泥柱上，讓我繼續看著魚網中那些半隱半現的魚群發呆。

一般人慶祝生日都會在燭光前應景許願，隨著旁人簇擁，半歡喜半猶豫，就算已經失去了戀人，也會閉上眼睛茫茫然默語兩句。我卻不是，我面對著某種情境即將揭曉時，反而會有一種莫名的畏怯，捨不得一次看完，很怕看完後它就很快又消失了——就像這一瞬間，我以為應該稱之為永恆的這一瞬間，捨不得眨一下眼睛呢，我緊盯著水面泛漾著點點漣漪，不知名的魚蝦正在水中繞游，這時我所看見的已不是橋下的流水，而是懵懂的七歲之海，那麼神祕地使我不敢一眼望穿。

我後來的人生，我對於任何喜愛的事物總是那麼矜持與抗拒，想來都是因為當年那樣的心靈，明明那麼喜歡魚群的跳躍，卻寧願隔著一段距離，以致如今此刻的記憶一直還有那些游來游去的幻影。

想一人

颱風雨初歇的休工日，父親一整天閒不住，騎著腳踏車來回跑了好幾趟的福興橋，一直等到橋下的水勢減緩，便又扛著捕魚用的四腳罾重入江湖。

那時我們已經離開了菜園路，搬回到祖父母賃居多年的三合院裡，隔壁是一所小學，離那座橋又遠了一些。但我還是記得這一天，母親又煮好了點心麵線，裝在一個鋁製的提鍋裡，那意思很明白，我又可以去橋上找他了。

父親和我收好網子一起回家時，三合院的簷滴已經落滿了兩個大鉛桶，母親忙著把竹簍裡的魚全部倒入桶子裡，那些魚失水不久，回到桶子裡又開始活蹦亂跳，有的從滿水中滾了出來，躺在地上拍著灰青色的尾鰭。

堂兄姊們聞訊後紛紛跑來圍觀，一個個蹲在桶邊不走了，一人兩手泡在水中又撈又搓，看不上眼的雜魚扔到一旁，白銀銀的一條鰱仔在他們手中掐頭捋尾，另一條平常罕見的大頭鰱不知傳到誰的手中，一滑就摔到臺階下的院埕裡。

我心疼著那些魚，而且那都是父親強撐著病體，從那條深河中搏命拉上來的。我大喊他們住手，甚至作勢拿起竹竿要趕他們，卻沒一個理睬，而那條大頭鰱滾到院埕的土溝後，鑽著軟溜溜的身軀歪歪扭扭地掙扎著。

我跳下去把牠撈起來，合起兩掌捧在手心，還沒站穩時，突然一聲粗厲的怒罵把我叫住了。我祖父穿著麵粉袋做成的那種寬寬的七分褲，兩腳跨在大堂中央，他指著我大聲斥責，旁邊的大人小孩全都停下動作，除了堂兄姊和他們的父母，母親也噤在旁邊完全不敢出聲。

幸好那時還在世上的姊姊拿著小鋁盤默默走下來，她把我手上的大頭鰱接回去放進水桶中。

我不知道祖父為什麼要那樣生氣，又是誰去告狀了。他叫我後退站到院子中間，沒有他的允許不准離開。合院裡沒有任何花草樹木，地上都是黃土，一下雨就變成泥濘，不僅寸步難行，我光是站著就發現腳掌會滑動，只好趕緊張著腳趾頭用力抓住它，一個噴嚏也不敢打，衣服卻都濕透了，全身慢慢地變冷，天色一點也不像黃昏，只是陰陰地又暗了一層。

十幾個大人小孩陸續進屋吃飯後，雨還在下著，這時突然有人從虛掩的木門溜了進來。是個女生，兩手撐著高高的黃雨衣，一半遮在我頭上，然後偏著臉盯住我的眼睛看，問我有沒有哭？為什麼沒有哭？是因為不敢哭嗎，還是你本來就是一個很勇敢的人……？

她念三年級，大我一歲，我們放學後曾經一起走路回家。

「偷偷來跟你講，我爸爸欠人家很多錢，說今天『透半暝』要搬家。」

她把右手放下來，要我自己抓著雨衣的另一邊。我怕被人發現，急著催她趕快離開。我體會不出那是一種道別，而她後來也只是默默看著我，然後慢慢走到門口，這時雨忽然又更大了，好像把她的聲音切成好幾截，只聽見她說：我不敢走……那條巷子……現在很暗了啊……。

我看著她濕淋淋的背影，很想陪她出去卻又猶豫，只能一邊望著堂屋裡的動靜發呆，等我回過頭來，那撐在空中的黃雨衣已經不見了。

她說的那條巷子就在房子旁邊，從巷子走進去剛好可以直接穿過國小的校園。倘若那天黃昏我陪她一起走，也許她就不用多繞一段路，而且少淋一些雨，比平常更快地回到即將搬走的家。

後來她回到家了嗎？總覺得如今她還在路上啊，全身都濕透了。

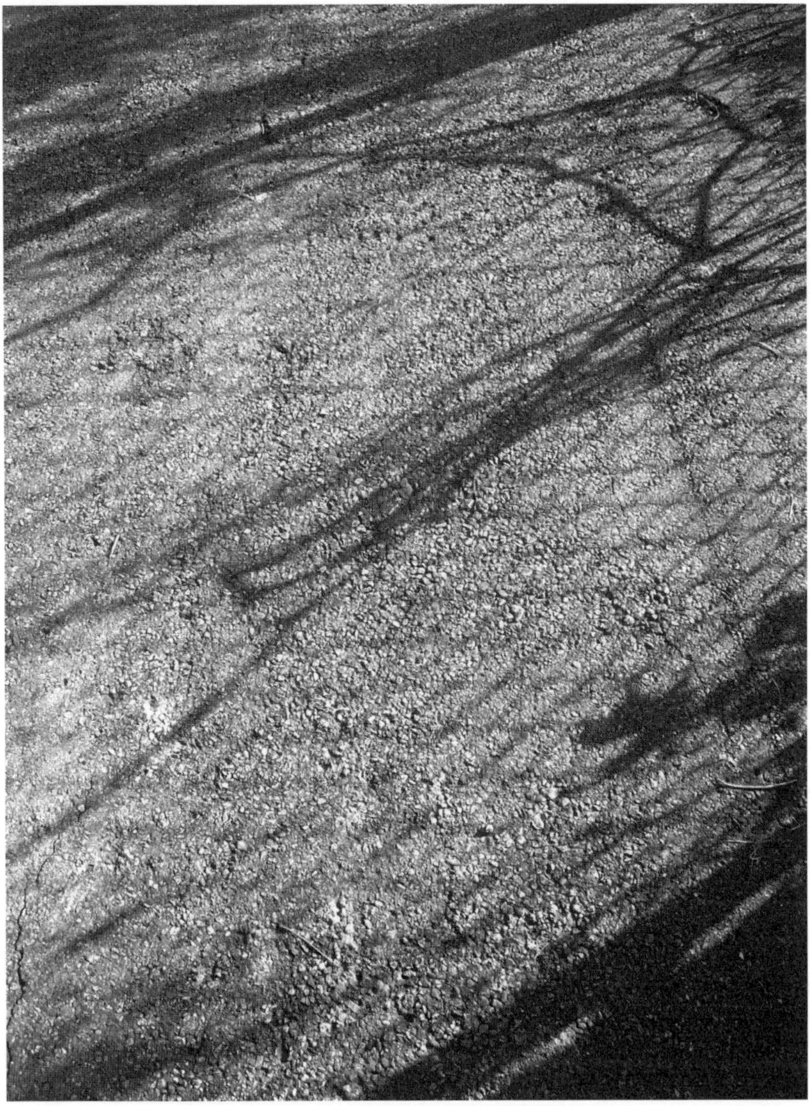

傷口

最後一屆初中，我開始接觸課外讀物，書的內容卻異於常人。

父母親大概知道孩子來到了青春期，每天黃昏出門時會留下五塊錢，讓我可以在餓得發昏時買個炸彈麵包充飢。課外讀物就是這麼來的，通常都是悄悄省下幾天的糧錢後開始啟程，一直走到像世界那般遙遠的中華路夜市，那裡有個台中最大的舊書攤。我站在那裡的昏燈下大量狂讀，像雷達搜尋各類的小說和散文，直到那老芋仔從藤椅上爬起來準備收攤，這時我才面臨最後的掙扎，錢是那麼有限，只好買一些最難懂的書帶回家。

最難懂的句子，我特別挑出來，一句或一整段抄在學校課本裡。

有一天終於被數學導師發現時，他除了摑來兩個大耳光，還提著那本攤開的數學抖在空中，那每一頁密布著ＸＹＺ繁複公式的狹縫留白處，我那些工整的筆跡或夾藏的小紙片便像贓物般暴露在眾人面前。

他拔高了破鑼嗓，咬牙切齒念著那些字：叔本華、齊克「思」、羅素……。

課本被他摔在地上，身體跟著耳朵往上拉，拉拉拉拉到教室後面，最後還補上一記要命的迴旋，把我本來就很乾扁的身骨甩到窗邊，玻璃應聲碎裂，血沿著左臉的顴骨下方流到白制服的胸前。這時他顯然也愣住了，卻很快又回復了原來的威嚴，用他彷彿料事如神的平靜語調說：「班長，你帶他去保健室。」

保健室很久才開門，一個歐巴桑托高我的臉查驗傷口，棉花棒搗了兩下，才發現傷口是一條橫溝。要縫耶，趕快帶他去診所。她比著手勢像在指揮交通，「校門口出去左轉，就在力行路上，黃診所現在有開，你趕快帶他去，等一下我會打電話……。」

班長走前面，我自己摀著一團衛生紙壓著血口。從頭到尾他沒有吭聲，一般正常人至少會問痛不痛，阿汝有要緊否，或者大幹幾聲來幫我止住這種莫名的傷痛。卻都沒有呢，他這班長平常只喊起立、敬禮和坐下，本來就是一個沒有聲音的人，此刻更像個啞巴領著受傷的羊要去屠宰場。

但我竟然感到有點幸福。

我暗自慶幸陪我去診所的不是別人。而且我也沒有哭。很久以前我早就體會到了，哭的時間如果不對，哭聲就難以持久，聽起來也不會特別感人。

你聽過有人在一個孤兒面前哭得唏哩嘩啦的嗎？

我算是很幸運的啊，因為他就是個孤兒。我們常常一起去釣魚，每次相約在他家門口，都要等到他煮好了一鍋假日早晨的清粥，去把臥床的阿公和唯一的妹妹叫醒，才推著腳踏車出來，載著我去長征六、七公里外的筏仔溪。

那麼多年後，我已不知道應該怎麼懷念，眼前就像一個啞巴留下的影樣，聲音是那麼稀微，那上下唇為了掩住暴牙而緊抿起來，要笑不笑的樣子好像含著一股幽默的悲傷。

我只記得那黃醫師縫了我三針，護士小姐拿著紗布為我包紮時，突然小聲說：你那個同學一直站在外面哭喔。

紗布紮到一半，我偏著臉想要尋找他的哭聲，卻被外面的車聲壓過去了，只依稀聽見一聲兩聲悶悶的嗚嗚嗚，不是哭得很清楚，大概那兩片嘴唇還包著牙齒掙扎著，不太願意展露出更多的痛苦。

那時我是突然有個衝動的啊，很想趕快跑出去糾正他說：你哭錯了啦，應該要大笑才對啊，笑死人了，世界上根本沒有一個思想家叫齊克思……。

是齊克果啦，他念錯了。

我來不及告訴他，因為保健室的歐巴桑已經走了進來。

沉默

今夜突然想起一隻貓。

雖然不養貓，卻又特別羨慕愛貓人。懷裡一隻貓，膝下兩隻貓，貓影子滿屋遍地，像一種來又一種去，來了免寒暄，去了不傷別，彷彿愛與恨原來都在自家的懷抱裡，還能用來對抗眼前這個科技社會的寡情。

久遠以前哪有什麼貓不貓，受到特別寵愛的家貓似乎也很少，攏嘛是看到人影就溜上牆頭，要不就是跳進花間草叢，輕悄得像一朵白雲黑雲，邊走還邊回頭，彷彿認為自己是來借宿的，客氣得任何聲音都含在小嘴裡。

今夜想起的那隻貓，其實就是我那中學時期的沉默的班長。

他的綽號就叫老貓。可想而知，在那不談貓的年代，這個人有多貓。

他每天靜悄悄走路，靜悄悄看人打球，靜悄悄住在忽然成為孤兒的巷子裡，每天踩著一台靜悄悄的腳踏車來到學校。

那時我連騎腳踏車都還不會，假日為了去釣魚，先要提早跑到那條巷子裡等他，然後坐上貓尾巴的鐵架。我們清晨就出發，一直貓到天黑才回家，路上我們很少說話，就像在學校或我去他家時那樣。

老貓騎在漫長的黃土路上，有一次經過了南屯區的潮洋橋，那附近有一間農舍突然失火，圍觀者擠滿了田邊小路，消防車也正在咿喔咿喔從大路外飛馳而來。這時總該是他稍稍停慢下來的時候了吧，沒想到他還是不快不慢地繼續踩著踏板，看也不看一眼，彷彿眼前的景象只是災難電影的廣告看板。

那天抵達筏子溪的時刻，一分都不差。

那條溪水繞到村口處有一片小石灘，很多村婦每天清晨都在那裡洗衣，我們調好了釣線、浮標時，那些擣衣聲剛好也逐漸散去，除了留下一些皂泡慢慢隨波飄走，全世界所有的寂靜已經一瞬間來到了潭邊。我們開始垂釣，中午吃著各自帶來的饅頭或飯糰，午後就算竹林起風或是下著驟雨，潭邊我們兩個笨蛋依然還是靜悄悄地釣到了黃昏。

有個小故事是這樣的。美國有兩個以沉默聞名的好友，一個叫約翰，一個叫湯姆，有一天相偕去旅行，途經一片穗浪款款的麥田，約翰忍不住美景當前，突然溜了嘴，輕聲讚嘆著說：「小麥。」

湯姆聽在耳裡覺得不對，畢竟那不是小麥，很想恥笑他，卻又不想糟蹋沉默的戰果，忍了很久，最後勉強多說了一個字糾正：「是燕麥。」

此後一夜無話。第二天湯姆醒來，約翰已經不見了，桌上只留一張紙條，寫著短短幾個字：我走了，爭論太多。

到底這算是沉默還是幽默，反正這故事就是讓我想起他。

我們的沉默並沒經過約定，兩個孤單的孩子只是剛好走在同一條路上。多不容易，直到有一天，老貓終於主動開了口。

那是黃昏前準備收竿的時刻，他跨坐在一棵歪倒的樹幹上正要起身，突然竿尖上咻的一聲繃緊了，他先是錯愕地張著嘴，一拉上來竟然是龐然大物，一隻或許只有百年深河才有的黃銀色的大鯉魚。

然而牠太重了，太過驚慌了，啪啦兩下就竄走了。老貓這時突然嘶啞地喊了一聲「喔」，提著斷線愣在倒臥的樹幹上，然後轉過頭來望著我。

我忘不了那一瞬間他突然陷入絕望的那種眼神。我衝到樹幹旁看著水澤中的草叢，那條鯉魚逃竄後的漣漪還在盪漾著，我拿著已經收線的釣竿不斷戳入水中，但這個動作已經毫無意義了，我不知道自己的喉嚨裡塞滿了什麼，只覺得我自己好像突然失去了一切那般。

我常想著當時的自己，在那聲絕望的「喔」之後，到底有沒有接腔？

倘若那時我只是隨口大幹一聲也是可以的呀。

他們家連電話都沒有，畢業不久突然很快就搬走了。

我從那條熟悉的巷子走出來時，總算知道一個沉默的世界已經從我眼前消失了。我只能帶著自己所剩下來的，一個人慢慢走，走進了另一個同樣沉默的世界中。

回家

小學畢業前，我隨著父母搬過八次家，房子越搬越遠，就像火場外傳遞的水源，傳到終於可以潑向烈燄時，大約已經晃掉了濕答答的半桶水。

最難忘的一次搬家，當天我還坐在四年級的教室裡，放學後回到空蕩蕩的舊屋，才想起母親的叮嚀，她要我直接去外祖父家過夜，同樣就在那條民族路底，走路只要三分鐘的距離。

我被分配睡在一個同齡表哥旁邊，那鋪位十分慷慨，翻身後還有空間，土壁上開著小窗，窗外則是屋後的竹林，迎著海風搖曳著鬼叫鬼叫的聲音。我睡了三晚才知道其他幾個表兄弟為什麼不願靠過來，原來他們怕的不是鬼，而是我旁邊這傢伙有床必尿所帶來的水患。他的膀胱大如米缸，洩洪時朝著我這個下游漫淹，我就算轉身背向他，還是逃不過那溫熱的潮水在我脊椎骨上慢慢轉涼的滋味。

第四天我睡到院埕上的牛車裡，那晚剛好還有月光，我掏出母親用鉛筆畫的新搬家的地圖，她的筆跡有著那種女紅出身的細膩，雖然沒有寫出詳細地址，倒有很多彎曲的小橋小路可以辨識。地圖是她留給我備用的，「想回來就拜託阿舅載你。」地圖當然也有讓我安心的含意，「不然你再忍耐到放寒假就可以回家了。」

我盡量不想她。我們那時候都很習慣不想對方，也許因為生活太過困阨，也有可能每個生命堆積著太多灰塵，但我更懷疑那時候根本沒有「想」這個字，「想」是後來才發明出來的，只用來表達愛慕、希望和懷念。母親既然給了地圖，而且「寒假就可以回家」，我再想到那個「想」不就丟臉了嗎？

我藉著月光看完地圖，難過得想要揉掉它，這時突然瞧出了一個奇特的筆跡：她用一個星號標示著新家，卻又在旁邊塗上一條水帶，我認得出那是她常用的裁縫筆，粉色的，帶著一絲淡淡的藍彩。

那枝裁縫筆在新家後面畫了一個弧彎。

那是一種母性的召喚嗎？她怎麼知道一條小小的溪流就會讓我發狂？兩天後的週末中午，我從鹿港國小出發了，沿著菜園路轉進了福興鄉，從此踏上遙遠的回家之路。地圖上看不出到底幾里遠，我只能一路盯著荒涼的字牌，一個小時後總算看到了「粘厝庄」三個字，有人還用紅墨水把它寫在巷口的土牆上，最下面還滴了兩滴像淚一樣的殘跡。

粘厝庄過後是一片墳場，我趴在墳場邊的草溝裡喝水，根本看不到最後一站的「麥嶼厝橋」，而母親標示的星號還在過橋後更偏僻的地方。

然而那天的黃昏，我終於看到了這一生中最難忘的彩霞。

我蹲在那條其實相當狹窄的野溪裡垂釣，釣竿是父親將就一條竹籐綁出來的，魚餌來自母親臨時跑去鄰家借來的麵粉，我挺著一路曝曬而來的滿臉紅光，心裡悄悄地哭泣著，起泡的腳底貫穿著全身的興奮與顫慄。我真的是那麼想要釣魚嗎？是因為想你們啊，可惜我一直沒有說出來。

滿天彩霞的見證下，我釣上來的土虱一尾尾特別滑溜肥大，土虱平常並不吃素，應該是神派來的，紛紛躲在芒草下的水邊。我的麵粉餌剛下水，那些芒葉馬上爆出刷刷刷的聲響，像一群飢渴的盜賊餓得發慌，寧願上鉤也要搶吃一口，沒上鉤的甚至衝出了水面，看了我一眼才又掉回到牠們的深淵。

隔日一早，父親急著要載我回去，他擔心我不告而別會得罪外祖父一家，腳踏車騎得飛快，兩個輪子在碎石路上不斷地喀喀響，夾帶著他不只一次的喃喃自語：人生遙遠啊，真遙遠啊……。

我後來才知道，那條路整整八公里，對一個十歲孩童來說，當然是夠遙遠的了。然而當時是怎麼走完的，再也想不起來了，只記得一路都沒有哭。

姊姊

導覽手冊裡的古鎮巡禮，談到我的家鄉鹿港，總有一碗熱騰騰的麵線糊飄來眼前。市場口那一攤叫龍山麵線糊，沿路下來同樣知名的另一攤叫王罔，再下來經過一個巷口就是我曾住過的地方。我不知道那時候的路名是否已經就是民族路，無路可走的時候通常就不會記得特別清楚。

我們住的房子，被一種怪異的台語腔調區隔起來，叫「十間仔」，聽起來不在路上，好像也不屬於人間。鎮公所的土地，井字般規畫的簡陋平房，剛好十戶人家窮窮擠在一起，隔鄰都是一層薄木板，誰家正在吃飯都聽得到，甚至隔著好幾戶還有半夜不睡的恩恩怨怨突兀地傳過來。

那時我還有一個姊姊。

姊姊姊姊姊姊。年輕時我的散文寫作裡不曾提過姊姊，我後來的小說中她雖然曾經出現過，名為我的姊姊，卻只是虛構的別人。我並不是不想她，只因為無法想得很完整，只好讓她慢慢成為別人。如同我們想起一個人，因為她或他已經不在身邊，你就很難持續更進一步的思念，只能停留在那些重複思念過的，或者重複那些已經悲傷過的；至於後面的，以及更後面的，反正漫長的歲月會來接手，讓她慢慢飄入煙塵，或者讓她只成為一陣風。

姊姊曾經名滿校園，作文得過兩次的全縣第一；四年級那次導師陪她坐車去彰化領獎，五年級那年秋天學校派人把獎狀送來我家。開學典禮她當然也沒有參加，從醫院領回來的時候已經很晚了，也就是「十間仔」那時的一個寒冷的夏天夜晚，她全身赤裸躺在木板床上，一種叫急性腦炎的急症在她身上留下一處處紅藥水的殘痕。我母親終於找到乾淨的衣服替她穿上時，父親還靠在板牆下持續著他的哭泣，後來他翻著抽屜找東西，嘴裡一直不停地嗚咽著：阿我的印仔……，我的印仔咧？

那種死亡時刻為什麼還需要一枚印章，我來不及問，後來也就不能問了。窮人家的悲傷都很簡短，事情辦完後地上掃一掃，流淚都在別人看不見的半夜裡，過幾天後什麼都照常，頂多每個人的神情較為呆滯，眼睛總是看著莫名的遠方。

兩年後，我姊姊忽然一瞬間活了過來。

唯一的見證者就是我，我站在教室講台上接受老師的表揚，她說我把小鎮寫活了，榕樹下小鳥的聲音都亮起來了，連海水的鹹味也都聞到了。全班都在拍手，這時老師轉頭對我說：「你也要跟著一起拍呀，為自己鼓掌。」

我的兩隻手緊貼著掌心，像夾緊了一個祕密防止它掉下來。我所抄襲的姊姊，來自一本母親藏在床底下的作文簿，題目沒有改，只是作者變成了我，我那時候才知道原來死去的生命可以這樣懷念，我竟然讓她復活了，彷彿看見她在那些掌聲中來到了窗邊，聽著聽著不走了，直到我一直掉著眼淚，她才在那些唏哩嘩啦的幻影中慢慢消失。

包括我那篇滿分的作文，那偷偷藏起來的作文簿，母親把我姊姊所有的東西全都燒掉後，我們家從此終於失去了她的蹤影。何況不久以後我們又搬家了，搬到更遠的鄉下，她認不得那種崎嶇小路，果然沒有再一起跟過來。

母親繼續踩踏著她的縫紉車，每天低著臉踩到深夜，有時忘了擦掉淚水，吸到鼻子裡就變出一種奇怪的聲音。我安靜地坐在她旁邊寫功課，那年剛好過了十歲，已經懂得沉默寡言，不像她以為悲傷過了就可以把一切忘記。

或者也可以說，我本來就不想忘記，所以一直不敢悲傷。

綠川最後一尾泥鰍

倘若時光已經倒流，而你來到了台中。

步出火車站後，你沿著中正路直走，看到小橋頭請記得右轉，因為一走進來就是風情萬種的綠川，河流正在輕輕流淌，兩岸雖然無花也無樹，卻有別處聽不到的街聲正在水岸四處飄游。

今晚就在東街投宿吧，你梳洗過後剛好可以走到西街這邊來。慢慢走，很多人間事物這時都還沒有消失，難得時光倒流了嘛，你穿著短褲拖鞋都無所謂，喜歡和服一樣的長衣繫在腰上也行，沒有人那麼在乎你是誰，只想知道今晚你要吃哪一攤。

人客來坐啦，炒飯炒麵砂鍋魚頭雜菜火鍋，嘛有軟絲仔配燒酒……

少年的汝較緣投喔，呷飯抑是呷麵，有排骨飯豬腳飯雜菜麵……
這位歐吉桑汝目睭金金看，我會歹勢啦，咁嘸愛先入內底坐……

你看到、聽到的就是綠川有名的飲食街，攬客的都是年輕女郎，這些小妞都知道街中央有條線，腳下雖不能跨越，兩手卻能撈舉在空中，有的拉住你的袖子不放手，有的甚至曖昧地把手勾進你的腋窩，你要是緊張而夾緊了對方的小手，可就讓她乾脆賴著不走了——不管啦、你要進來……，這樣黏人地嬌嗔著，只不過就是要你捧場一碗什錦麵或是蚵仔煎。

我來到這裡的時候可能早你幾天，穿著畢業典禮後還沒脫掉的卡其褲，兩手拿著簡單衣物，牢記著從地圖上的北原西瓜店右轉進來，這時才發覺整條街已經飄著香噴噴的油煙。沒多久果然伸來了一隻手，一把揪住我短袖裡的肉骨頭，那張臉很像電影裡瘦瘦美美的珍芳達，她一瞬間湊到我眼前：弟弟弟弟你要選哪一家，趕快進來啦，姊姊知道你餓了，如果你再走下去一定會碰到土匪。

那年我雖然什麼都不懂，碰到這等情境難免也有恐慌的害羞，緊急中幸好有個聲音遠遠喚過來：「燕啊，汝彼隻手是咧搓啥？伊是我的後生啦。」喊話的是我母親，她抓著抹布跑出來，作勢要搥打這個珍芳達，才把我攬進了店門口的遮陽棚下。

此後四十多年的台中，我竟然住了下來就不再離開，而第一夜恰恰就在當年的綠川。不到四坪的違章店面是租來的，睡鋪是用兩根橫梁撐在半空，然後再鋪上厚厚的老木板，臨溪沒有任何小窗，半夜卻有各種聲音從薄牆的鐵皮縫飄進來，嘩啦啦地流淌著白天被那些鶯聲燕語掩蓋掉了的聲音。

來店裡光顧的客人隨時都有，我只好躲在低矮的夾層裡看書。最後一屆的初中聯考即將舉行，每天的睡眠短而明確，天色還在幽暗中就有嘹亮的鳥聲把我叫醒，我沿著石階的便道下到河床，在那六點不到的迷濛中刷牙洗臉，整條綠川比我想像中還髒，只有一些高起的水棧下方流著較為清澈的小潭。

那年夏天我擁有了第一支碳纖釣竿，無處可釣的失落中，淺水的綠川自然成為暫時的下竿之所，幾天後我的舉動馬上成為街上那些店家們的笑談。

倘若你真的來到了台中，你看過一個蹲在綠川獨釣的少年嗎？他的魚鉤掛著兩截蚯蚓，水面上有他孤單的身影，他每次拋竿後總是陷入無邊的迷惘，不敢想像自己已經離開了到處有魚可釣的家鄉。

如果你真的看見了，你就跟他打聲招呼嘛，他後來果然有著神童一樣的魔力喲，從一隻魚蝦都難以存活的綠川拉出了奇蹟——信不信，那些忙著攬客的女郎都圍過來了，那個珍芳達甚至還興奮得吱吱叫著說：「汝看，阿姊早就知影，有水就有生命啦。」

無魚可釣的暑假這天，我拉上來的是一尾大泥鰍，也就是俗稱的胡溜啦，牠趕在綠川兩岸被水泥封蓋之前，彷彿為了逃脫歷史的黑暗，勇敢地隨著我的釣線跳上來，然後全身扭曲著翻滾在泥濘的岸邊。

電梯

母親託人帶我出門走走，要我多看看陌生的台中。她說你已經十二歲了，走路不要一直低著頭。

我跟在那個人後面，沿著街廊下的人影穿行。他是房東的兒子，沒有告訴我要去哪裡，領頭走在前面卻有一股威風，雖然他只就讀一所不怎麼樣的高中，卻聽說已經見過了世面，那種不屑說話的表情有些傲慢但可以理解。

眼前的橫街就是台中當年最熱鬧的自由路，逛街人潮果然非常多，我怕一轉眼走散了，只好緊盯著他轉來轉去的肩膀。當他繞進一處退縮的門廳時，我跳著碎步趕了上去，不料他卻又突然鑽進一間密室裡，一樣還是不說話，站在裡面陰陰地看著我。

我不知道他要做什麼？如果是上廁所，這時我還不需要，何況眼前這間密室裡面沒有馬桶。我還在猶豫要不要跟進去時，後面的人已經搶先站滿了那個小空間，而且緊接著一道小門悄悄地關上了。

那是初中聯考後的夏日，我站在原地不敢妄動，眼睜睜看著那道門終於再度打開時，裡面的他卻已經消失了，而走出來的人也不是剛才進去的人，很像我們約好的人本來已經到站，卻遲遲沒有下車，也看不到他的身影，而這台巴士啪嗒兩下又開走了。

後來我才明白，那個小廂房就是電梯，把人送上去，回到地面時已經人事全非。那天我一直等不到他，只好獨自走回到綠川西街的店裡，母親問我怎麼一個人自己回來，我說太好玩了，剛剛玩過一種魔術箱，可以把一個討厭的人變不見，而且一去不回。

我一直忍耐到拆除違建的訊息不斷傳來，整條街坊開始陷入惶恐不安，才意識到再過不久我們就要被市政府趕走了，只好下定決心偷偷去嘗試那部電梯。為了避免太多人分享那種好奇的喜悅，我特地選在人潮過後的星期一，沒想到竟然有人也是和我一樣的呀，放暑假的小孩都被他們的父母帶來了，穿著顯然也是鄉下才有的土土的制服，全家像一窩老鼠出遊，和我一起擠在吱吱叫的梯廂中。

我因而終於登上了當年那棟綜合大樓的屋頂，看見中正路垂直交叉在那條綠川的燈火裡，那曾經使我害羞的珍芳達似乎還在忙著攔客呢，我好像看見她小小的背影了，她是故意把那條毛巾掛在肩上的吧，學著世故的大人那樣地吆喝著。

飲食街後來果真被強制拆除，那些生猛小店沒有一家倖存，我的父母也從承租的店家變成了夜市攤販。他們一直在失去的東西，從來沒有一件追得回來——猝然死去的女兒、倒閉解散的木器廠、離開家鄉時那種只求溫飽的卑微的願望……，沒想到現在又來一次，好像注定了以後的路還會繼續走在飄泊中。每天深夜，深夜過了凌晨，我等著肺結核的父親騎車回來，他的摩托車也跟著他的病體變弱了，坐在後面的母親不敢用力環抱那細瘦的腰際，兩手只好反過來撐在背後的鐵架上，像個悲哀的女人只能依附著自己的滄桑。

而我只能繼續做著沉默的自己，在那等待著兵單寄來的日子，經常回到拆屋後的綠川河畔流連，在那附近的書店看書，經過車站前的美都咖啡時，更且渴望著也許一百萬年後我就可以走進去坐下來。

我為什麼不斷地在那附近徘徊著啊，彷彿有一種莫名的感應不准我離開。後來我才明白，原來有個女孩經常和我錯肩而過呢，她在十多年後突然成為我的妻子之前，竟然每天就住在她家那棟高級飯店裡。

那時我還不知道窮人和富人可以同搭一部電梯。

簡單

朋友向我炫耀他剛理好的頭髮。

嗯，剪得真好。我說。

長短很有層次，髮下的鬢角有模有樣，不像剛推過除草機的那種突兀感。他把頭略低下來，要我再看看他的髮漩，說理髮店那隻快手非常厲害，沒幾下工夫就把那頑固的頭頂梳理得妥貼順當。

他想要強調的是這樣那樣全部只要一百元。

我問他有包括洗頭嗎，被他白了一眼。

看起來他是有點失望，想要表達的便宜並沒有得到我的讚賞。

其實他誤解了，因為我最敏感也最討厭的，就是別人幫我洗頭。

我在母親面前唯一留下的污名，也是因為洗頭。

初次體驗理髮兼洗頭是在中學畢業後，一直想要成為大人的我，有一天摀著頭皮回家，忙著翻找印象中的一瓶薄荷油，一時沒留意母親就在旁邊。她觀察一陣後開始追問，最後忍不住撥開我的頭髮，這下不得了，尖聲叫著：么壽喔，汝的頭皮哪也一坑一窟，洗頭會痛攏無講嗎？

出汗的關係，頭頂的刺痛一直蔓延，只好等著母親找來一條軟膏，看到傷痕就抹，結果到處都是傷痕。整條軟膏擠完後，她拉著我往外走，想要知道是哪一間理髮店幹的好事，我越支吾就越說不清楚，指著巷外模糊的遠處，很擔心她找人理論後把一件小事弄得更糟。

這時真的更糟了，出遠門的父親剛好備料回來，摩托車引擎還在噗噗響，母親只好馬上噤口，反過來叮嚀我一句話都不准說。

她的顧忌是對的，我在父親的心目中除了沉默，大概就只剩下軟弱。他早就認定我的愚蠢可能與生俱來，若再聽到連理髮也會出事，怕不只是無奈嘆氣而已，難保不會馬上又冒出一把火。

遭殃的頭皮是被押在水槽下抓傷的。那隻手本來還算輕柔，一邊問我搬來幾天了呀，十五歲了喔，說著說著忽然怨起了開計程車的老公，「伊咧飼查某啦，當作我毋知影……」這時她的小手，或不如說她的獠爪，終於展開了女性的復仇，從我的前額一路鑿到後腦，像開挖著她心中的黑礦，又快又深沉，緊接著開始往左右兩邊翻耙，不怎麼費力就把我頭上這塊田耙乾淨了。

幸好我懂得忍耐，還知道成長是要付出代價的，我眼看著就要過關……，不料這時樓梯下籃子裡的乳兒突然哭了起來。那細脆的哇聲畢竟不如我堅強，啼叫中竟還停下來哽咽幾下再重來。她抹掉手上的皂泡跑過去拍撫，回來時大概想要表達她的歉意，或者是忽然忘了剛才已經洩過憤，竟又開始從頭抓起，這回彷彿百感交集準備豁出去了，終於又把她難忍的悲酸狠狠地傾注出來，「汝看，我愛剃頭又擱愛顧嬰仔，伊做伊去……。」

我這顆頭因而被她蹂躪了兩次，沖水時雖然暫且感到冰涼，劫後的餘生其實最慘，灼燙感不僅從頭開始延燒，一陣陣的刺痛隨而跟著來，彷如一針針刺進了腦海。

從那次以後，一直到當兵之前，我便把理髮、洗頭這種事視為畏途，非理不可的時候專找洗頭分開計價的小店，剪完後火速跑回家，一個人蹲在浴室裡慢慢洗，像要洗掉那個慘痛的記憶，有時便就悄悄地悲哀起來，不斷質疑著自己真的是天生愚蠢嗎，或只因為自己太過軟弱所以特別同情他人？

那段羞恥的經歷，從此留下了凡事簡單就好的性情。

看到名家插出滿盆花，總想替她剪枝，除掉那些過多的蕪雜。

閱讀一本書，也不再喜歡那些繁複的學問，只想知道有沒有打動我。

即便我自己的寫作，為求敘事簡單，只好甘願忍受著下筆的困難。

停泊

驚鴻

季節嬗替的冬尾，窗門打開後，吹進來的已不再是冷冽風，聞到的氣息幾乎都有霧的味道，本來應該還看得見，卻因為雨前雨後還是雨，反而看不見了，只知道它飄浮在朦朧的氛圍裡，混合著青草味，從嗅覺感應中不斷地滲透進來。

春天來了。春天像霧一樣，竟然也飄到我的手機裡。

手機是新的，老舊的被迫淘汰了。然後這一天，藉著它狡猾的智慧，我收到了一張詭異的照片。畫面是一對戀人，乍看像是坐在午後的咖啡廳，男的只被拍到清瘦的側臉，女的則呈現著婀娜美亮的正面。若要品評這兩人的外型，顯然這男人是不配的，至少他有皺紋，頭髮又是那麼蒼灰，偎在他旁邊的女人僅有三十來歲，披著要穿不穿的毛外套，胸前那領口像個陷阱那樣地敞露著，且她似乎盹睡著了，那張臉乾淨又安靜，是那麼慵懶貼在他肩膀，兩人簡直像是偷歡結束剛來喝下午茶……。

可是這男人無疑就是我。

若要辯稱那不是我，偏偏脖子上掛著一條綠圍巾，越看越像我每次北上時故作瀟灑的印記，染成蘋果綠的不織布，不很長也不太寬，一條七百元，還記得想買另一種顏色時已經缺貨了。

傳照片來的不是別人，啊，替我買這條圍巾的妻子。

人生某些事，有時就是那麼耐人尋味。

年輕時倘若收到這種無言的偷拍，瞬間竄入腦海的莫不就是各種疑慮和驚恐，是有人要來藉機勒索嗎？是東窗事發被自家人逮個正著了嗎？甚至害怕到血脈賁張，整天方寸大亂，好好的人那麼輕易就被毀在一張幽會照片裡，還想盡了各種說詞，一副待罪之身躊躇在回家的路上。

像我現在這樣的說老不老，心思再奔放也都已經沉澱到晚年裡了，沒事深居簡出，非得出門也都不沾蠢事，那就更不擔心這種來路不明的怪照，頂多再看它幾眼，心裡冷哼兩聲，只能說這傢伙未免也太……那個了。

然而也真奇妙，就在這種不疑不懼的時刻，突然又有一種無邊的悵惘，雖然很放心這傢伙不是我，可又不禁感嘆如今我已不可能是他了。

雖然我把這種意外巧合看成笑話一則，回家時畢竟還是有些忐忑的，倘若夫妻之間偶爾還要困惑在一種說不清的祕密中，就算很快解除了謎團，還是會有一些不堪的餘味殘留下來吧？

沒想到回家之後，她就主動提起了照片。

說是去買菜，朋友十萬火急傳過來的，要她平常多留意我的行蹤。

「我一看就知道不是你，難怪你自己也不緊張。」

那麼，她為什麼還要傳給我看呢？

竟然是這麼告訴我的：有空你就給自己放個假出去走走嘛。

而且還說：「想想看，你有多少年沒有好好坐在咖啡廳裡了？」

說的也是，多少年？不就是禁煙就像戒嚴的那一年嗎？照片事件就這麼輕描淡寫結束了。

本來應該可以很聳動，發生在我身上卻是那麼平靜無波，難怪藏在心裡的那種迷惘像霧一樣緊跟著來。當一張可疑的密照已經變得一點都不可疑時，可想而知這男人會在暗地裡多傷心。消逝的是歲月，剩下的是日子，這種情境多像一棵樹下滿地的落果，是要蹲在地上撿它來吃呢，還是抬頭仰望著那一樹的空枝？

你猜，後來我做了什麼？

我自己傳照片。刻意挑出人多嘴雜的群組，測試他們是要奈我何？結果霎時之間群起議論，沒一個懷疑那男的不是我，他們追問的是那間咖啡廳在哪裡，那美女到底是誰，你和她來往多久了，沒想到你也會這麼大膽喔，老婆到現在都還沒有發現喔？

那種反應頗嚇我一跳，讓我不禁也有些陶陶然，此起彼落的讚嘆簡直就是普天同慶，有的甚至語重心長，帶著曖昧的鼓舞說：嗯，你就是要這樣，自己看嘛，你那肩膀被她這麼輕輕一靠，多帥氣啊，看起來充滿著生命……。

秋子

長篇小說裡，秋子是我的女人。

她出身南投一個種滿孟宗竹的山鄉，獨自來到城市裡的法國餐廳當女侍，每天穿著黑絲絨的長褲，上面的白襯衫搭著一件紅背心，為客人上菜時微躬著三十度的背影。她力求上進，約會時不忘背誦餐廳裡的菜名，曾經參加過副店長的考核，落選兩次，主要是她說話太過簡短，像一串急溜溜的鳥語，不注意聽往往只剩最後一拍雀躍而上的尾音。

那麼，我是怎麼愛上她的，說來話長，只能說像一股魔力般鬼使神差，反正就是愛，愛她那蠢樣的天真，愛她所有一切那樣地愛著。怎麼證明有多愛呢，一九九九年，結婚不久的秋天，大地震深夜來襲，那一瞬間秋子過度驚慌而嚇走了魂靈，我卻只顧拖著她逃往附近的公園，沒發覺一路拖著的只是一具失神的軀體。第二天她開始昏睡，經過群醫會診後仍然找不到病因，只籠統歸納為一種症候群，唯有依賴家人才能爬出那個黑暗的空間。

時日折騰，偏方問盡，最後只剩一種方法可以救她。

小說寫到這裡不得不停下來。我想要運用一種道具，又不明白那是什麼，有點類似唱歌跳舞時用來助興的沙鈴，握在手上切切地響，卻又不像，我希望那裡面裝滿下雨的聲音。我在無意中透露出來後，妻開始四處幫忙打聽，後來在一個茶道老師那裡找到了答案。

叫雨笙，也有人說那是雨聲棒。

太好了，我本來還擔心不切實際。

你要做什麼用？

我提起生病的秋子，她的病來自長期的孤單，從小出門在外，可能就是太想家了。我說：「她最懷念小時候下雨，雨下在竹林裡沙沙的，好像有人在炒豆子。妳說的雨聲棒說不定就有這種味道，可惜我沒見過它長什麼樣子，不然寫進去一定非常生動。」

說完沒幾日，妻突然失蹤一整天，回來的時候抱著一支將近五尺長的大竹筒，她扣著筒身的食指還紮了一塊白貼布，那副表情好有一種打了勝仗歸來的神采。原來她打聽了地址，一大早躲進三義鄉，跟著一位老師現學現做，先挑自己喜歡的竹筒，然後利用電鑽打孔，整個筒身上下布滿了彷如音符環繞的聲音孔，回頭再用一根根小竹籤嵌進去，把這些孔洞全都封起來。

那麼，雨聲又是怎麼來的，原來竹筒裡面裝了砂礫般的玉石，左右兩端搖動時，裡面那些顆粒篩過了層疊交叉的竹籤，便宛如沙漏生出律動，彷彿形成了淋漓之水，藉由搖動的快慢而發出大雨小雨的聲音。

隆冬時節，多麼難忘的這個情節，我帶著她親手製作的雨聲棒，深夜走進了小說裡的秋子的房間……。

「這時，秋子的眼睛果然跟著睒開了，像黑夜裡終於亮起了星星。她伸手挽住我的袖子，把我當成了鞦韆拉過來，又推過去，大約是用力拉扯的關係吧，突然下著大雨了啊，一陣陣的雨聲隨風吹過了竹林……。」

秋子哭著說，你是怎麼想到的，為什麼要對我這麼好？

不過就是一支長長的竹筒罷了，我心裡驕傲地說。

當我回到半夜裡的房間，妻大概早就累倒了吧，一個作家的妻子總有她孤伶伶的背影，她以一種毫不等待的側姿，躺在床的另一邊睡著了。

愛妳二三

1

約好了在那裡見面，不料下起雨來。

等待中的雨，延續著那種不見不散的淒迷，庭園外的走道空無一人，疾駛而去的車身只剩越來越小的尾燈。我跑進亭子裡擦乾了頭髮，沒多久還是再度衝入雨中，眼前盡是一些迷霧般的幻影，使我不得不緊盯著路旁的每一個瞬間，生怕躲了那幾秒雨，從此再也走不出這一生最大的困境。

想著妳或許又被家人禁錮著了。

時間一分如一秒，心跳隨著哀愁升高，我甚至臨時發動了摩托車，沿著妳家附近那條柳川來來回回地穿行，那高高的樓窗緊閉在灰雲裡，而妳的身影也不在路上，我只好回頭又去那裡守候，繼續徘徊在那樣的雨中。

直到妳低著頭走來，我才知道了一切。

妳不像以前那樣提著單邊的裙子了，也不再那麼小心細膩地跳著水窪了，妳任著裙片濺滿了雨水，那白色的鞋子顯然也不好走，前後雜沓著泥濘的腳印，多像以後我們要走的路，其實沒有路了，前面的積水慢慢淹過來了。

路上的行人都跑光了。

2

那苦澀的年代，總有著一樁樁悽惻的故事傳聞，深山裡的樹林、小旅社的床榻、溫泉區的池畔，甚至夜深人靜時相偕去到黑暗的海邊……，兩人飲酒，躺著牽手，直到中間那條紅線隨著瀕死的肌膚顫抖。

以致當妳說出綠島的小學有個教缺，打算一個人去那裡長住時，我想到的大約就是那樣的畫面了，彷彿已經看見妳的雙腳正在潦入水中，然後漸行漸遠，在那大浪襲來之際揮著最後的手巾，像一片傾塌的帆影等待著滅頂。

那時我也不禁想起了一個人，太宰治，文學裡的頹廢派，灰色靈魂中的無賴男，多次尋短，歷經吞藥、上吊、投水……各式各樣的自我毀滅，最後總算如他所願，徒留一些超脫成空的名言嘲諷著世間。

然而那時的我依然愛著妳呀，既然像生命那樣地愛著，怎麼能草率地走進那種太宰治的殘生。我決定要去拜見妳的父親，哪怕他不看我一眼，或者看我一眼仍然只像一粒灰塵，總也是被他看到了，讓他知道黯淡的人也有愛的權利，即使那麼平庸，卻也沒有去死，嘴角還上揚呢，為了不被窮困擊倒，硬是撐著一臉燦爛的笑容。

後來我果然站在他面前了，一直到我終於走出那個房間，如我所想，我真的就像一個不存在的人，窮極無聊地飄忽在他那天傍晚的視野中。

下樓的時候沒有雨，滿臉的淚水，一路模糊不清。

3

如今我們依然牽著手呢，一個後來沒去綠島，一個總算爬上了惡水後的綠洲，三十多年一瞬而去，那些貧瘠不堪的，那些難為情的甚或是使我感到羞辱的，總也成了我們追憶敘舊的溫馨爐火。

很少有人像我們那樣的癡情了。科技文明領航著人類，古老的愛情匆匆披上了網路世界裡的彩衣，人們多歡樂啊，窗外的風吹著別人的雨，那些撐著傘走過來的浪漫，一朵朵開著少男少女的花。這樣的年代，反而使我想念著以前那個滄桑的自己，趁著今夜忽然湧來的淒酸和莽撞，我終於鼓起勇氣把它寫下來了，只是在這有限的字裡行間，就算想要美化豁達的修辭，那些曾經很痛很痛的悲哀總還是難以忘卻。

一日花

週日的下午，她摸弄著一盆花，我坐在長桌的角落泡茶。蟬在外面叫著。微雨中的蟬，忍不住想要試唱，調子忽長忽短，淒淒淒淒拖著初夏的尾音。茶水沖到第三泡的時候，她還坐在另一邊剪花，捨不得那些剩下來的花材，拿捏很久才做成小品，一朵擱上窗台，一朵拿進了書房，等她終於走過來拿起杯子，茶湯已經冷卻了。

以前她使用的花材都從店街上買來，滿手的紅紅白白，回到家還要趕著添水剪裁，很像為了歡度新來的節慶，插完了瓶瓶罐罐，剩下的甚至還弄得出一盆一缸，滿屋子爭奇鬥豔地喧鬧著，缺點是一起開花也一起凋謝，彷彿過完盛夏馬上來到了冬天。

最近的花材則是來自屋角的小庭園，一概都是常見的品種：木槿、扶桑、萱草、夜合花……，一棵棵擠在水邊，平常不太管它，卻都能各自悄悄結成花苞，時不時開得出人意表，頗像還沒約好的見面，突然一瞬間露臉，難怪被她發現時哇哇叫著，總算露出了很久看不到的歡顏。

過年前的院子還沒有這些花。那時地上多的是雜草，害病的灌木植物任其荒蕪，只剩零星幾棵還在抗拒著寒冬的冷冽。孩子出國念書後，家裡的聲音被他們帶走了，屋簷下逐漸醞釀著一種清居的孤寂，安安靜靜的氛圍慢慢變成冷清，大抵就是人生來到了秋日時節，夫妻兩人好像熬著一鍋湯，藉著一葩小火相互取暖，只能溫存著眼前這種即將消逝的時光。

經常就是因為這種怕她孤單的顧慮，使我忍著心思不敢隨意走進書房，生怕一走進去反而又把她關在外面了。以前孩子在家沒有這種困擾，現在的埋頭寫作卻像一瞬間在家裡失蹤，書房裡雖然萬籟俱寂，實則一種更為冷清的氣息正在門外飄流，彷彿看得見她走過來又走過去，端著一碟零嘴，或者剛剛沏了一壺茶，她想敲門進來，磨砂玻璃映出的卻是猶豫的身影，碎步停頓了一下，最後還是悄悄地走開了。

後來我主動許下諾言，週日一概停筆，要嘛在家清理水池、摘除那些雜草和枯黃的葉子，不然就和她出門逛街，看完電影再回來睡到不知天明。剛開始我還能照著約定履行，一次兩次之後難免又想開溜，尤其週末半夜如果寫到意猶未盡，留下來的殘章便又成為第二天的折磨，恨不能馬上鑽入那些快要打結的懸念中。

過年後總算認真開始種花，把荒蕪的空地培成綠院，種下的大多是草本，放棄了以前遍植茶花那種一年一次的緩慢等待，為的就是不分季節看得見花開，隨時都有一抹春色入眼。而且，常開的花族好似都有無聲的語言，雖不誇張到彷如絲帛輕輕裂開，起碼那些耀眼的表情都是聲音，有的開得春風冶蕩，有的躲在葉間擠眉弄眼，難怪她每次出門回家，第一眼不是看我，而是尋找那些處處驚豔的驀然之美。

我種的其實都是一日花，清晨開，傍晚謝，沒有一朵倖存到深夜，真正落實了所謂「當下」的生命意涵；就像一句我愛妳，趕快說出來才有驚喜，放在心裡永遠只是冷凍的花苞，期待它開花不如乾脆恨它。

愛意

搭機出國坐過一次頭等艙，台灣到香港，畢竟是最短的航程，可能也是全世界最便宜的高檔飛行。顧名思義，頭等艙最靠近飛機頭，彷彿帶著兩個正副駕駛一起飛翔。艙間小而隱密，每人各有一座獨立的沙發椅，兩邊扶手不僅隔絕了鄰座，起飛時甚至覺得彷彿一個人獨自升空。

那時的香港還是香港，赤鱲角機場還不見影子，從麗晶酒店開出來的勞斯萊斯繞了兩彎，停在入境大廳外的約定角落等待。司機為我開門，他戴一頂金邊禮帽，白襯衫繫著紅色的小領結，微笑時嘴唇沒有張開。車上坐定後，他遞來兩條熱毛巾，還有兩瓶水，輕聲問安後拉上前後座之間的紗簾，從此半個小時內萬籟俱寂，一路上看不見他的背影，只知道車輪正在奔馳，窗外景物如同一部電影，環外正在大修馬路，開挖中的鐵臂彷彿只是一種手語，完全聽不見它傳來一點點噪音。

從桃園機場啟程開始，一切都因為美麗的誤會。

妻說耶誕節的機票本來就很難買，臨時要買只有頭等艙，而且剛好只剩兩位，若再猶豫難道眼看著三天兩夜的假期無處可去嗎？

她說：不然我們才不花這種錢，航程那麼短，咻一下就到了。

說的也算實話，她一向過著我的日子，平常很少這樣鋪張。就算出門購物遇到什麼百貨週年慶，她也不管它是慶祝幾百萬年，至少不會去排長龍等在馬路口，通常只挑她自己喜歡的小店，買到什麼好東西有時都是兩份，除了我的，剩下才是她的，女人這麼勤儉又賢慧，那多難。

那麼，勞斯萊斯又是怎麼來的？

她說是因為累積了不少次的住房紀錄，麗晶酒店主動為我們升等海景房，自然也就配屬了司機來接送，好巧不巧輪到了這部古董車，不然誰敢這麼誇張。我聽了能不相信嗎？既然已經慵懶地半躺在車廂裡，心裡不禁就有些陶陶然，頗有一股沾了便宜的慶幸。當然，說著這些悄悄話時，就像窩在電影院裡的耳語，而且我還說得比她還小聲，深怕隔簾有耳，他這般優雅穩健且有一股炯炯的老精神，光看那架勢就不容懷疑他侍候過什麼貴族公爵，我可不想讓他把我看小了。

麗晶的海景房，不如說它來自遙遠的夢中。門一打開，彷彿真的馬上走進了海洋，狹長的大房間隨著外牆轉彎，一大排橫窗對準了中國銀行，還繼續向右蜿蜒過去呢，形成了兩個不同視野的窗面，且又同時面對著海波上的餘暉。夕陽下的漁舟遠如星點，零落的幾艘貨船緩緩從我眼前渡過，當我們坐在樓下的海鮮餐廳吃飯時，我想到的卻是不如趕緊回到房間裡守護吧，免得那樣寬廣的夢幻突然一瞬間消失。

那年我大約四十歲，早已停筆走進了江湖，表面優游在資本主義社會的浪潮裡，實則那時我已經生病了，滿腦子都是憤世嫉俗的心靈，也為了抗拒繁瑣的商場應對，只能帶著文人氣息走我自己的小路，偶爾虛晃幾下邊做邊學的功夫，直到初老之後才慢慢回神過來。

懷念那一趟的香港，是因為多年後才知道那是一場騙局。頭等艙是她早早預定了的。至於那部勞斯萊斯，雖然真的來自酒店的免費款待，卻是由於入住特大海景房才有的禮遇，哪有什麼房間升等這回事，那麼輕易就被她騙過了，可見那時的我還多麼天真。

但她為什麼要騙我呢？當她在孩子面前說著這段好笑的往事時，我從她眼中看到的莫不就是一種知心的愛意與疼惜。只有她知道我根本不想痊癒吧，那時的病無非就是自外於整個社會和人群，只想回到自己的出發之處，遠離競爭而回歸平凡，彷彿唯有這樣才能安頓一個靜謐的心靈。

其實早就擁有很多了，當我不想和他人一樣的時候。

秋夜煮粥

生日過沒幾天，入夜後她開始嘔吐，我這突然發病的妻子。剛開始以為她只是感冒、吃到不潔食物或者感染了病毒。吐出來也好，我這麼安慰她。後來她又拉了肚子，我說，這就對了，髒東西排掉後會比較舒服。她服下幾顆常備藥後，看來是很累了，說話輕緩又皺著眉頭，上床時虛脫得病奄奄的樣子。

然後我就進去書房了，像平常一樣十點開燈，沉浸下去很快就過了凌晨。對我來說，這是最安靜的長日短夜，沒有任何時刻可以如此從容，既能看書也想寫作，兩者都是一種安頓，不讀不寫則也好像得到一種舒坦的放空。

可惜也就因為這樣，我差一點錯過她了。嘔吐聲持續傳來時，聲音短促卻不飽滿，可見她的胃囊中早就清空了食糜，空嘔的氣音彷彿來自深谷。我拿水拿藥來回跑了幾趟，書房、臥房逐漸顯得有點漫長，卻還不知道其實這只是起步，凌晨三點過後，我匆匆套上衣服準備出門時才真正感到驚慌。

這時她雖然還能說話，整張臉已由蒼黃轉白，眼睛本來很美，此刻像是走了遠路回來，非常疲弱地瞇了起來，卻又想要睜開看我，於是形成一種恍惚的死亡之眼，彷彿正在和我告別……。

我拿起電話叫救護車，被她伸出來的手指勾住了。會吵到鄰居，她說。我只好扶著她下樓開車，時速超過一百，路上的紅綠燈隨我自行轉換，衝到醫院時幸好有個警衛幫忙把床推過來，我停好車子跑回來時她已在裡面了。

然後是急診室裡的漫長等待，量血壓心跳，抽血照 X 光，半夜如同白天，寧靜的人影四處喧譁，臨時鐵床擠在別人擱著拖鞋尿壺的小道上。我站在她冰冷的腳邊，看著她渾身發抖，護士們忙著處置其他病患，白袍來了又走，清潔婦到處收理著床邊垃圾，幾個大夜班實習生合力推著剛上門的急患又擠進來。

這時她的眼睛再也睜不開了。

我不禁想起有一年我們從盛產海鮮的東港回來，當天也是一樣半夜急診，她躺在床上全身抽搐，稍稍平息下來則又陷入昏迷，醫生束手無策，開出來的藥方都是鬆弛劑和葡萄糖。可怕的是，在那檢驗、觀察的等待中，她的娘家人，忽然轉身悄悄問著我：昨天你們去過哪裡，有吵架嗎？

雖不是很明顯的質問，卻因為那語氣充滿著試探，且有某種非常怪異的不信任感，從此那一句話深深烙印在我的腦海。那時我們新婚不久，得到的祝福不多，兩人廝守在一條窄巷裡，為著世俗中那種門不當戶不對的陰影默默跋涉著。

因此，在這混沌之夜，四野茫茫的驚慌中，我雖然覺得應該打一通電話，卻不知道應該打給誰，兩個孩子都在國外，我的父母皆已垂老，而她的娘家人當然也都睡了，我拿捏了很久，最後當然還是把手機擱下了。

天亮後，檢驗報告總算出來，醫生的推斷有些含糊：大概是急性胃炎，連續嘔吐是刺激反射現象，換氣過度也會造成全身顫抖……。他所解釋的症狀讓我感到非常意外，這種急症雖不至於難纏，可是已經把我的力氣耗盡了。

第二天我開始為她煮粥，像多年前那個被誤解的夜晚一樣，我用砂鍋煮，燜它幾分鐘掀蓋一次，拿著瓷瓢輕繞著鍋底慢慢磨，彷如為了傾注一種苦澀的情感，反覆地磨呀磨，總算提早磨出了粥糜，爛熟的氣泡聲此起彼落，宛如千百隻飢餓的雛雀群聚而來，張著鳥喙一起發出了那種嗷嗷待哺的聲音。

是那麼好聽的一種聲音，一個人為另一個人靜靜地煮粥。

是啊，是這樣啊

她雖然喜歡園藝，卻不知道我為什麼要種那些一日花。

鄉村老農養雞，城市人養狗，大多是為了排遣生活的寂寞。我種了那些不起眼的花花草草，雖然同樣也是為了熱鬧，主要卻是著眼於屋簷下只剩我們兩個人，難免常有一種什麼都不能再少的牽掛，只好期待著那些常開的一日花每天來露臉，像一群可愛精靈又像不用說話的知音，清晨來，黃昏去，第二天來敲門時又換了一件新衣。

倘若要我說出花中的最愛，應該就是白色的木槿花。

屬於錦葵科的木槿花，可從矮灌木長成高高的小喬木，我試種的那幾棵只能算是去年的新品，但無礙於它的綻放，花瓣擁有紙質般的優雅，雖不如朱槿那麼燦麗，也沒有茶花那種高貴的矜持，卻一旦決定來到世上，彷彿就是堅持只活一天，嫻靜的氣息幽幽懾人，不羞赧也不驕傲，來了就要走，沒有愛也沒有恨，看起來一點都不像我們凡人。

一代茶聖千利休，從院子裡剪下來的那朵花，正就是白色的木槿。他用宣紙包起來後夾入懷中，彷彿預示了自己也是一日花吧，果然最後走上了連妻子也無法阻止的切腹之路。

千利休對於美麗事物的執著，後來的小津安二郎似乎有意把它釋放了，他在《東京物語》裡形塑了一個毫不執著的父親，那種逆來順受的性情看來是那麼軟弱，實則卻是另一種生命態度的強悍與包容。故事敘述這對老夫妻難得安排了東京之旅，不外就是專程探視多年不見的兒女，沒想到兒女們一個個面露難色，表面是笑臉相迎，背後卻暗嗔著不耐的怨言。幸好這對老夫妻還有個守寡八年的二媳婦住在附近，大概她還惦記著天上的夫君和自己廝守過的那段因緣，因而特別請了一天事假來款待他們，老夫妻這才有機會和她去逛逛所謂的東京。

笠智眾演活了那個卑微的父親，沒有太過用力的演技，反正劇情中本來就沒有華麗的台詞，他最常說的一句話就是短短的そっか、そうですか……。

我雖然不懂日文，光聽那無奈又惆悵的沙啞的語味，想也知道我們平常遇到的困境大抵就是這樣的感嘆：是啊，是這樣啊……，那樣淡然而又哀傷地壓抑著。

第二晚，女兒想出了一個便宜又省事的好辦法，安排他們獨自坐車去熱海投宿兼泡湯。可惜那家溫泉旅館徹夜笙歌，年輕客眾喧譁，看來真不像可以安靜睡覺的地方。兩老一夜搖著扇子，怨言一句都沒有，頂多說得淡淡地，「這裡真熱鬧啊……，不知道幾點才會結束啊……」大約就是這樣的對白。

我雖然種了那些一日花，熱鬧之餘，難免還是有很深的落寞隨時浮上心頭。我最常想到的是以後如果自己更加蒼老，會不會也像那個老父親一樣，滿口說著是啊、是這樣啊……，那樣地喃喃自語著。我甚至認真算過他說過的話，光是そっか就說了十八次——他們夫妻在出發前顯然還有好心情，語氣俐落而簡短，直到見識了臨老那種不堪，他那句老話的尾音才慢慢地拉長了。

其實他不只說了十八次，應該還有一次。黃昏前他去朋友家想要借宿，先在客廳裡寒暄，暫時還不敢表達來意，這時一根香煙含在嘴上還沒點燃，大概是輪到他說話了，一時來不及拿掉香煙，只好含著煙呵呵地悶笑著。不然從那表情看來，從那笑得有點蒼涼的聲音聽來，應該又是重複著那句話的時候了吧，結果最後他當然還是忍住了。

探路

關西機場的夜晚，隨著入境旅客排隊通關，孩子和他的日籍女友果然已經來到接機大廳等待著，兩人同時揮著手，那見過幾次的奈央子穿著高跟鞋，微笑著踮起腳尖靠在他肩膀上。

附近的商店陸續打烊了，我們只好挑了一家還算明亮的餐館。難得第一次來到日本作客，孩子表現著熟門熟路的主人風格，他細心點完菜，找來一條紙巾猛擦著已經乾淨了的桌沿，急得他的女友跟在旁邊莫名地賠罪，開心的見面忽然稍稍拘謹了起來。

我們專程來見她的父母。

聽說父親是法學教授，母親則是劍道家出身的好手，他們知道我的妻子每到日本就會去一家叫松榮堂的香鋪，因此也把第二天的餐會訂在京都的河原町，方便她在餐後的空檔可以散步到那裡尋寶。

學校還沒開課，孩子的住處已經打理妥當了。他在信上說，奈央子的爸媽親自出馬，幫忙找了房子，還充當租屋保證人，連寢具書桌椅都是全家動員四處找來，我們只要負責來這裡過夜就好。

信上還特別讓我知道，他的住處有個小陽台，我可以坐在那裡看書抽煙，從那裡望出去可以看到一片開闊的遠山。

他突然長大了，以前雖然走過很多顛簸路，如今都成了苦澀回甘的記憶。那時他還很小，突然不念台灣的書，有一天甚至遞出了紙條，強調自己不是叛逆，是真的想要接觸西方文化，希望我們成全……。

作為貼心的母親，她答應這種事幾乎沒有任何思索，反對的聲音大概只有我。情急之下，我開始數落著出國在外一定會有的孤單無助，人為什麼非要經歷那些困境不可，多麼不值得啊……。

等到紐約長島的私立中學寄來了入學通知，我已注定要和機場那些笨蛋一樣，每年大約三次，不是揮淚送別就是咬著顫抖的嘴唇躲在牆邊。

每次都沒有例外，看著那小小的背影消失在出境室後，眼淚便開始大量流淌，滿臉都是彷彿他不再回來了的那種淒酸。妻看我一直毫無長進，只好和我對換角色，凡是送機都由她負責，等到孩子帶著鄉愁回來，才輪我開車趕到機場，像要去收割一畝金黃色的稻麥。

好不容易盼到他把中學念完，卻又拋來一個臨時的起心動念，說他迷上了鑑識專家李昌鈺念過的母校。學校位在曼哈頓的鬧街，一頭栽進去後又是慢悠悠的四年時光。

去曼哈頓看他時已經是個抑鬱少年，腋下夾著一本書，我們在初雪的五十九街分手，他自己走進街口上的校園，我則繼續走往第五大道。那條國際名品大街有一間不甚起眼的小教堂，有人在裡面舉行婚禮，我聽著那些溫馨的祝福竟然坐了一個上午，在一曲曲的聖歌中渾然忘記我是異教徒的身分，還當場跟著拍起手來，完全不知道自己身在異鄉。

眼前的奈央子，便是有一年他到日本當交換學生時認識的女孩，像一齣電影又像他自己編劇的人生。如今劇本還沒寫完，場景已經換到了大阪大學的研究所，看他那麼一副日本在地人的模樣，我和妻彷彿真的只像客居他鄉，而不是來到孩子自己的家。

我們的計程車從機場開進深夜的大阪後，司機回頭詢問著豐中市的走法，孩子傾身和他說了一個叫做「少路」的小地方。

我問他會不會住得太偏僻，連本地司機都不熟呀？很方便，他說，走路就到超市和連鎖餐廳了，而且最主要是在這裡讀書，我覺得非常安靜……。

妻和奈央子坐在一起，把她的手拿來放在自己的手裡。

布袋戲

小兒出生時住在月子中心，第八天的小生命，聽說那天晚上特別乖，按時吸著奶嘴，吃完靜靜躺著，彷彿知道家裡來了不速之客，年輕的父親正在忙著和那些惡徒周旋，沒有多餘的空間來容納他初來乍到的喜悅。

他來到這樣的世上，頑強的特質便彷彿與生俱來。國中畢業時，眼看哥哥一人留學國外，便也想要搭乘那所私立中學的順風車，學校後來果真通過了他的申請，入學通知也一起寄來了。那時做哥哥的剛好放暑假回來，臨時不忘給他補上一槍：我自己不是念得很好，你要想清楚，不要去那裡丟我們家的臉。

他就是這麼出去的，肩上多了一個無形包袱，學業成績果然衝上了高標，模仿歐巴馬的就職演說也拿第一名，還在棒球校隊裡擔任先發投手，用他以前經常和我接捕的變化球一場場過關斬將，這些紀錄都讓哥哥看傻了眼，雖然沒問他是怎麼辦到的，但想也知道當初那些狠話應該是把他嚇壞了。

我們卻沒發現他其實每天都在熬夜，逢到大小考試甚且徹夜點燈，假日則照常天亮醒來，為了扮好學校樂團裡的一名鼓手，時間一到就在教堂裡敲打著聖歌中的樂章。

一個返鄉同學無意中透露了這些事，媽媽這才心疼得哭起來。母子兩人在某些方面其實都很像，同樣有著一種細膩貼心的性情，不一樣的是他有話並不直說，大概很想要說得更婉轉，有時只好悶悶地藏在心中。

有一天，終於忍不住在電話中哭了起來。

哦，他慢慢說起了校園裡即將舉行的園遊會……。

為了迎接那場園遊會，記得暑假快結束時，媽媽還帶著他四處尋寶，凡是可以代表台灣鄉土的柑仔糖、燈籠、鳳梨酥和布袋戲偶……，全都裝進了行李包裡。其中只有一些小東西被我擋了下來，那是每次和我參加遊行帶回來的黃絲帶和紀念章，我反對他帶去學校的理由當然是軟弱的：你出去念書就不要分心呀，年紀還那麼小……。

我們期待他和同學合作的攤位不落人後，學校舉辦園遊會也是鼓勵學生多多介紹自己的國家。這些都沒問題，問題出在開場前夕趕著製作攤位的海報時，該來幫忙的同學卻一個都沒出現，四處聯繫後，他才知道自己完全被孤立了，所有的台灣學生中，臨時棄權的不算，全都答應了中國學生共同展出一個攤位……。

園遊會過後，他大概隱含著對我的抗議吧，全程錄影寄了回來。影片裡，園遊會當然照常舉行。他獨守著代表台灣的攤位，逢人就送柑仔糖和仙楂餅，學生一個個拿了就走，無人駐足的攤位顯得特別冷清。這時他不動聲色，轉身從後面提來了一壺熱水，開始用紙杯沖泡著從鹿港帶來的傳統麵茶。那一瞬間，攪拌出來的氣味想必是芳香誘人，沒多久一堆黑人白人全都圍上來，有的三兩口吃完，有的只嘗半口就呸出來，直喊著吃到大便了啦，大便怎麼特別香啊，紛紛捧著肚子笑倒在地上。

麵茶泡完了，眼看著人群還沒散去，他突然迅速打開了紙箱，兩隻手分別串起了布袋戲偶，一個是怪老子，另一個是史豔文。兩個戲偶開始說英文，史豔文後來聳起了肩膀，高聲對著怪老子說：台灣是我的國家。

天寒

零下二十度，我的孩子在半夜裡起床，摸著走道去敲醒每一個房間，自己再回來穿戴禦寒的衣物，然後沿著校區跑到一棟大樓下的小廳間，等待著十幾個同學陸續到來。他們要看台灣這邊的選舉開票，早到的人已經圍坐在裡面瑟縮著，網路螢幕的連線打開了，吱吱叫的聲音傳遍了窗外的積雪。

兩個多小時後，密西根破曉，台灣時間則來到晚餐的一刻，大選結果雖然還沒出爐，那不斷跳動又拋開的數字卻已經預告一個老政黨的崩壞，以及一個年輕世代在茫無去路之中的勇敢。

他打電話回來時，只說了兩個字：贏了。

二十歲的孩子，並沒有滿口掩不住的喜悅，語氣是那麼篤定，彷彿走過千山萬水那樣的滄桑。四年前輸掉的那一夜，他也曾打過來，電話中混合著濃濃的鼻音，腔調是黯淡的，失望到極點後說不出話來。這次我問他冷不冷，他在看不見的那邊對答如流，似乎還聳著肩膀呢，「出門的時候真的好冷，超級冷好不好，路上又暗又白，可是到了門口卻又不敢直接跑進去，我站在窗口用喊的，問他們情況怎麼樣，結果裡面的同學喊得比我更大聲，叫我最好趕快進去看，不然一定會後悔。」

「都是台灣去的留學生嗎？」

「才不是，也有兩個日本人，一個中國人。」

「喔，那太難得了，他們是站在哪一邊？」

「想也知道吧，我們看大聯盟都沒有這麼瘋狂。」

他沒有直說答案，倒是透露要一起慶祝，已經訂下安娜堡的餐廳。

半個月後，我們這邊卻突然下起雪來。

一連幾日，驟降的氣溫有別尋常，雖然冷得不夠冷，日夜溫差卻特別大，原以為不過就是北邊太平山、中部合歡山，頂多這兩個景點下點雪吧。不料卻是綿延不絕的雪，彷彿搶在農曆春節來拜年，很多不曾有雪的地方也飄上山頭了，雖然沒有下得令人痛快，卻還是白了一整夜，山區小徑塞滿一堆還沒裝雪鏈的車子，雪泥到處輾成一片，薄冰的野澗慢慢瀉出了潺潺流水把路面淹沒了。

雪景像一夜曇花那麼短暫，追雪的新聞倒是熱鬧有餘，北郊各個景點到處人影鑽動，無非就是衝著雪花落在島國的家鄉。那種情感根深柢固，人人雀躍著零星的雪花落在自己的土地，好比就是自家陽台突然開了去年的花，恍然間勝過了他鄉異邦那些別人的夢幻。

雪融之後，天還沒轉暖，春節期間小住的山間卻下起雨來。

雨是那種瀟瀟雨，無聲無息混合在闇黑的夜色裡，約莫灑遍了黑瓦後才滴答下來，落水聲沿著前廊逐步漫到屋背，一瞬間彷佛圍繞著整棟屋簷。有別於都市的雨都是空中雨，不論大小都是窗外的過客，窮鄉僻壤的雨則是直接落在土裡的，像在大地穿洞，一窪窟都是它們踏踏實實來過的路跡。

那場雪和這場雨，是因為天寒地凍的關係嗎，竟然前後包夾了一條擠壓震動的斷層帶，遠從高雄美濃起身搖晃，幾秒後馬上撕裂了整個台南永康。天命或許難違，人謀不臧更且加深其害，坍塌的老舊建築物瞬間變成一片倒臥的山丘，然後重型機具紛紛進場，二十年前埋進去的鋼筋水泥重新挖出來，煙塵四起的廢墟中到處都是摧石搗牆後的塵埃。

春節連續九日，電視螢幕兩種畫面，一種人間天堂的歡欣拜年，一種人間地獄的哀嚎遍野。我把電視轉靜音後默默地看，聆聽著窗外滴滴哆哆的雨聲滾落，好有一種恍惚的百感交集，混合著那一日的雪的驚豔，混合著年前那一場勝選的喜悅，突然急著想把這種複雜的思緒記錄下來。

可惜直到深夜我還沒提筆，雨還在下著，畢竟是地上的雨，聽久了難免寒徹骨，一寫下來反而遺漏更多，因為還有很多寫不進來的，正在從四面八方冷過來。

囁嚅

那年初冬午後，我母親拿著袋子走進市場，在不同的街攤上試吃柳丁，除了挑選甜度，還要求每一顆都有採摘不久的鮮翠外皮。回家後，她把柳丁直接泡在水中洗淨，再一個個擦乾，整齊疊入早已備好的紙箱，然後開始寫信。

那年她四十五歲，沒有寫過信，每個字寫得像蒼蠅，看起來是那種手筆放不開的黏膩。但她寫得極為認真，應該是那種偏著臉的坐姿，兩眼盯著困頓的筆心，一筆筆貼著信上的格線直走，像個老花眼的裁縫。

母親寫好了她的思念，把信摺好，藏在那些柳丁裡面才正式封箱，等著第二天趕上最早班的郵差。但是半夜裡她睡不著，爬下床又把紙箱重新拆開，從裡面挑出表皮最黃熟的一顆，這才放心又把箱子包裹起來。

那顆柳丁被她放在櫃子的醒眼處，每天悄悄地看它幾眼。

從我後來的推算，那年的她其實已經出現了憂鬱傾向，卻沒有人發覺。父親並不清楚什麼是憂鬱，凡是任何一種細微的心思藏在深處，他都沒有能力去察覺，只知道每天午睡醒來就應該備貨出門，載著她趕往三公里外的一條巷子，把那鎖在柱子下的鐵皮攤子推到夜市，直到凌晨才一起回家。

話說回來，那裝滿柳丁的包裹雖然寄出去了，卻一直困在基隆碼頭，和其他貨物堆在一起等待著船班。那時開往馬祖的補給船叫雲台號，枯等了一個月的風浪才開始飄洋過海，慢慢飄呀飄，飄到天亮還在浪裡徘徊，船上載滿了馬祖的居民、回航的軍士和一捆捆的阿兵哥的天涯情書，以及像我半年前一樣茫然渡海的部隊新兵。

母親收到我的回信時，已經是隔年的春天。

此後她再也沒有寫過第二封信，每封家書都由父親代筆，他雖然沒有念完小學，卻有一手天生好字，行筆頗有渾然天成的氣韻，可惜簡短的文句只能承載他作為刻板父親的嚴密規格，從「吾兒來信收悉」到「務要保重」一脈相傳，沒有多餘的峰迴路轉，自然就沒讓我看出母親憂鬱的訊息。

多年後的回憶，母親終於談起了那件包裹。原來她收到我的回信時，第一個動作就是剝柳丁，這就是當初她留下那顆柳丁的用意，用來確認我在馬祖嘗到的滋味比她嘗到的還要甘甜。

如同那箱柳丁一路讓她牽掛的心思，我後來才知道她也在悄悄地閱讀，為了想要理解我為什麼寫作，她試著走進非她所能的閱讀世界，剛開始先找出幾個她認識的字，再往下猜那些不太懂的詞，然後上下連貫，慢慢揣測一整個句子的意涵，直到把她自己弄得疲累不堪。

有一天我的小說登出來，她指著標題問我：

「這兩字欲按怎念？」

「囁嚅。」

「煉乳？」

「ㄋㄧㄝ……。」

「意思是啥？」

「嗯，意思就親像咱想欲講話，有話講袂出來……，」

她有點驚喜，好像問對了一個詞，趕緊跟著默念了幾遍。我想問她已經讀到哪裡了，是否體會得出我在故事裡想要表達的含意，然而後來我沒有問，因為她已經默默地點著頭，好像她什麼都知道了，我那麼簡短的解釋已經穿入她的內心。

父親

約好的午後兩點，還差幾分，他已站在門外等待，穿著襯衫和西褲，擦亮了過年前新買的皮鞋，還特別戴著多年前保存下來的帽子。晚春雖然還有微寒，但他這樣的穿著還是有別於日常，似乎太過慎重了。母親悄悄告訴我，三天前他突然翻著衣櫃，為的就是找出這一頂鴨舌帽，而且一直記得今天我會來載他。

我們要去醫院。他上車來，坐我旁邊，摘下帽子，後腦貼在椅背上，兩眼瞇成一線，似乎已經為著即將到來的沉默開始假寐。我們不曾這樣獨處。在我已經成熟懂事的記憶中，母親一直都是家人的傳聲筒，她負責居中折衝、安撫，或者驚恐地傳達他的憤怒，使他繼續享有一種悲哀的權威而作為我的父親。

但他現在衰老了，記性衰退得使我震驚，最明顯的症狀就是迷路，短暫的散步彷如一場遠行，買個巷子口的饅頭也會忘掉家門，幸運走回來時往往跌破了膝蓋，不然就是額頭上又冒出新的瘀傷。

他其實已經變弱了，卻在某種自許的意義上故作強悍，拒絕僱傭照料，不喜歡一把礙眼的手杖隨行，身上也不帶任何證件，累得我的母親惶惶然緊跟其後，壓抑著她累積多年的怨懟來防範他。

車子經過公園，我說那是某某公園，他點點頭。車子經過了圓環，我說這個圓環聽說要拆掉了，他說知道啦，嘴角含著一種模糊的抗拒，狹小的眼睛像隻倦鳥要睡不睡的樣子。我的話題也許含有讓他受到輕視的意思，不能滿足他想要聽到的某些深意，但我只能這樣，我甚至連聲量都提高了，說了半句就會瞧他一眼，用的都是重音，因為他重聽，不喜歡別人咬著嘴型卻又聽不到聲音。

今天要做腦部的斷層掃描，專業醫師順便安排了心理問卷，失智程度診斷出來後才開出藥方。等待的空檔，我指著醫院大廳附設的咖啡廊，他說他不餓，我說那我們喝一杯咖啡吧。他似乎非常驚訝，眼裡跳出了一抹微弱的濁光，誘惑他的或許是咖啡裡的甜，不然就是——我們終於要坐下來了，第一次面對面看著對方。

兩杯拿鐵端上來，螺旋狀的奶花浮在杯緣，我要他先喝泡沫，小口就好，不要以為整杯都是這些甜甜的表面，最燙的都藏在泡沫底下。

他照做了，抿了一口含在唇緣，再一小口吞進了食道，然後開始用他顫抖的嘴角淺淺地吸，吸乾了泡沫後果然杯子裡飄出了一股熱煙。他很聽話，和我小時候完全一樣。不同的是，以前我那麼聽話還是被打，用他毫不留情的巴掌摑上臉頰，然後像是為了把我麻燙的臉孔扳回原樣，另一隻手緊跟著又從那邊揮過來，使得那時以後的我學會了挺住自己的臉，傷痛中不動如山，免去了許多次回頭再來的耳光，並且從此開始恨他。

我跑去放射科詢問排序，回來時他已經喝到了杯底。

做完檢查後，我們按著原路回家，他又拘謹地摘下帽子才坐進來，這回拿在手上把玩著，快到了家門口，突然問我要不要進去坐一下。

好像又忘了我幾乎每天都來看他。

通常我都先打電話進來，預防那台轟隆隆的電視又吞沒了門鈴聲，每次都是母親開門，站在玄關重複交代著：汝講卡大聲咧，伊耳孔越來越重囉。

可是他都聽進去了啊，喝咖啡的時候，我那麼小聲的叮嚀。

我來去如風

他的積水未退，三天三夜了，一直滯留在橫膈膜周圍。

感冒引起肺炎所造成的肋積水，骨頭下方一片霧色的白，醫師指著X光片告訴我，積水雖多卻又不夠多，要等到水患真正飽滿，穿刺引流時才不會傷及肺部，引發更棘手的氣胸問題。

住院病房裡的漫長等待中，那些積水猶如苦旱的小池塘，白天蒸發一些出去，晚上卻又滋生一些進來，不知是要慶幸這種殘喘中的寧靜，還是期待一場暴雨快快來侵襲。

幾天後他的病恙依舊，醫生把他列入暫准出院的觀察名單，讓我攜回了一個氧氣筒，兩個小管子分別貼住他的鼻孔。另外還借來一個袖珍型的血氧測試機，只要食指伸進匣子裡，血氧指數和心跳頻率就能讀出來，不像平常我們掛在腰間的計步器——你希望那數字步步高升後停在路邊休息，我卻只能期待它不要輕舉妄動，血氧量最好停在穩定高度，心律維持不快不慢那就很好了，然後寄望抗生素連番強攻，讓那些積水消失得無影無蹤。

我陪伴病榻旁的第三夜，輾轉中瞄了他一眼，才突然發現筒外的透明杯管靜如止水，這表示裡面的存氧量已經悄悄用罄了。而他雖然還在昏睡，血氧指數卻不斷下降中，距離天亮卻又還早，夜深人靜時這種狀態最令人驚慌。

打電話問那家小醫院，對方表明兩點過後已不收任何急患，但那護士小姐聽得出我的無助，掩著話筒問旁邊的人，半分鐘後回答說，氧氣筒可以借你啦，現在就趕快過來拿……。

我開車出門時，方向盤右方跳出了一組數字，02：16，像兩隻羞答答的眼睛開始為我計時，我猛踩油門，那雙眼睛中間的兩點螢光便存心加速閃爍，彷如一路不放心我的怠惰，總在綠燈轉換前跳出它最新的時間。於是我只好繼續飛奔，急馳的風中夜涼如水，我一直開到紅燈把我制止下來，才得喘一口氣稍稍環顧四周，窗外是那麼寧靜的海，醫院的招牌總算遠遠在望了，好比就是怒海中突然為我升起一座燈塔，憑我這麼一艘慌亂的夜船也快要靠岸了。

這段期間正在趕寫《敵人的櫻花》。肋積水發生之前，每到深夜電話響起，幾乎就是父親因為其他急症須要送院的時間。他除了失智症狀不斷，突然多出一種「習慣性脫臼」的病情，肩膀上的關節稍稍移動就立刻走位，整隻手好像斷成兩截，一路上頻頻喊痛，送到醫院時轉為哀嚎，那些聲音直接侵入寫作中的文字，像一張稿紙塗滿了各種顏色的淚水。

凌晨過後，每當我從醫院回來，索性就挨著書桌寫到天亮了。那時的心情惶惶然卻又有些悲壯，恍惚間總有一種不祥的錯覺，以為年老的父親就快要出事了，恐怕這篇寫不完的小說也將跟著停下來，而一旦停下來後大概就是永遠停下來了。

因此，那段時日的寫作簡直就像在惡海中搶灘，整個晚上若是一聲電話都不響，竟然就有一股感到非常僥倖的心安，覺得只要再強撐下去，我和父親就能從那一連串劫難中安全逃離出來。

僥倖畢竟難以持久，就像今夜，趕著來醫院只為了一個氧氣筒。

幸好那護士頗為體貼，她把氧氣筒寄放在門口的櫃檯，方便我下車後拿了就走。可惜啊，可惜當我衝回家準備替他接上鼻管時，才發覺那護士弄錯了，我帶回來的是救護車專用的面罩型氧氣，根本接不上病人鼻孔中那兩條透明的小圓管。

這要怎麼辦？我再打電話去醫院詢問時，護士已經下班，換了一個醫技人員輪值大夜，他說：你可以十分鐘內趕來嗎？不能超過三點喔，鐵門馬上就要關了……。

對峙

純白

綠川河畔，三十多年前的秋天，我曾在一家老牌麵包店附近徘徊。樓上的建設公司正在徵才，側門有一座樓梯直通上去，我悄悄盯著有人從上面走下來，不久又來了新面孔爬了上去。

他們只是徵求一名企劃，報紙廣告卻登了半版，文句簡短，大量留白，那種奢侈的霸氣使我吃驚，就算我真的而且非常著急地想要應徵，看著樓梯上下人來人往，再怎麼大膽也爬不上去。

那年我剛退伍，工作經驗寫不出半個字，每次經過麵包店時，只能抬頭看著那樓上的招牌發呆。水往低處流，這是當然的，一個人經過幾次挫敗怎麼還能像人，攏嘛是沿著下游尋覓別人不要的殘水，只想趕快找個餬口的工作暫時棲身。

沒想到一個月後，那篇人事廣告又登出來了，顯然他們還沒找到人，眼界一定太高，不然就是公司這次打算降格以求。我寧願相信後者，當夜硬著頭皮開始趕寫自傳，履歷表內雖然空無經驗，倒是寫了前言還有後語，無非就是請求他們給個機會見我一面。

沒多久竟然接到了通知，面試時間約在午後兩點。

我提前三個小時抵達，沒錯，三個小時。這個時間有些店家還在打哈欠，剛升起的鐵門懶洋洋地嘎啦嘎啦響。我沿著綠川繞一圈回來，走進公司對面的一家餐飲店，一碗什錦麵不到十分鐘就吃完，此後頻頻喝水、上洗手間、遊走在窗與窗間，時不時盯著對街，很想知道那家公司裡面有多少人，我將坐在哪張椅子上接受拷問，主試者會不會很凶，或者當我被打回票時該從哪裡離開，是否也要彬彬有禮，我撐得住那又長又陡的樓梯慢慢搖晃下來嗎？

後來我安靜地坐了下來，抽出兩張衛生紙摺好放進褲袋裡，然後打開背包開始翻書，專挑紅筆畫過之處臨時惡補。書上的重點莫不都是專家歸納的要領，一堆表格繁瑣得要命，枯燥的市調資料也摻雜在其中，我並不清楚一個企劃人員究竟所司何事，有需要那麼多學問嗎？依我過去所學可說完全都沒有，一個人如果什麼都沒有，也就只剩一股勇氣用來傻傻應對吧？

當然，我還是爬上去了。兩點十分，一位繫著紅領帶的主管來到大廳，臉上沒有表情，也不說明什麼細節，當場喚人把考卷和筆擺在一張空桌上，要我在三十分鐘內把答案交給他。

我的人生第一張考卷，A4，純白，僅有一行小字落在上面：

希爾頓不在克難街

沒有一個標點，也沒有任何注解。我只知道希爾頓是台北車站附近的一家大飯店，可沒聽說過哪裡還有一條克難街？《敵人的櫻花》裡我曾寫到這一段，還特別讓故事裡的「我」費盡工夫推敲了很久，最後甚至提出更換題目的要求。實則在這非贏不可的當下，人的意志畢竟可以決定自己的未來——一刻鐘後我竟然就交卷了，那紅領帶先是非常詫異，以為我大概是知難而退，等他看完考卷後突然斜起眼睛瞄過來，然後拿著考卷起身去敲門，那是一個藍色布幔深垂的房間。

幾分鐘後，我的第一個老闆出現了，我後來長期投身建築的緣故，大約就是在那神祕房間裡締結下來的因緣。他示意要我坐在他旁邊，人有點胖，滿臉是每天吃十碗爌肉飯才有的那種紅光，他問我住在哪裡，畢業多久了，為什麼我寫的「希望待遇」是六千五百元？

我開始大冒冷汗，也突然感到非常懊惱。那個年代的新人行情大約都是月薪六千，顯然我多寫了五百元。其實我本來只想寫五千呢，卻又想到如果我的胃口和別人一樣平凡，甚至更不值錢，那空白的履歷表看起來不就更顯得寒酸嗎？我暗暗地自責著，可是他卻又那麼親切，掏著菸盒的時候還問我有抽菸嗎？

他在資料上批了幾個字，這時菸也抽完了，突然起身走在我前面，我以為他要去洗手間，啊，竟然是帶著我走到外面的門口，玻璃大門這時自動滑開了，樓梯下的街聲隨著一股冷風灌了上來。
「我給你九千，明天就來上班。」他說。
我抓著樓梯扶手慢慢往下走，兩隻腳彷彿一直飄在雲中。

優雅

咖啡還沒送來，我們有些緊張。

他把皮袋擱在自己的腳邊，不時瞄它一眼，然後看著我。咖啡一直沒有送來，我聽見他暗暗吞著口水，那乾澀的氣息很像壓抑著興奮，於是我也跟著他把高亢的情緒藏在喉嚨，然後不動聲色地看著四周。

我們準備分錢。皮袋裡都是錢，整整一百五十疊，每張都是當年面額最大的一百元，我們剛從南投市區的一家信合社領出來。大皮袋由他負責拿，他用兩腿把它夾在摩托車上，我騎自己的車跟在後面，沿著彰南路繞進中興新村，跨過烏溪大橋再轉往霧峰，一個多小時後終於回到了台中。

火車站廣場前，右邊是學海書局、大眾書局，我記得還有一家汗牛書屋。我們坐在左邊樓上的美都咖啡廳。三角窗。在我的記憶裡，一般人很難走進來，除非他不窮，或他家非常有錢。我常常經過它，繞到對面的書店，黃昏不得不回家時再經過它一次。有時我覺得不應該繼續嚮往，只好站在書店門口對它仰望，咖啡廳樓下的玻璃門很小，卻只要走得進那道窄門，樓上就會寬闊得像一片海，我看得到樓上的客人臨窗談笑，也經常發現服務生端著咖啡時淺笑著低下頭來。因為海太寬闊，上燈時便有一片淡藍色的氛圍慢慢暈開，形成了一種無邊無際的浪漫，就如同此刻親自走進來才知道那種想像完全一樣。

來這裡分錢是我提議的，因為這夢幻之地比較陌生，一旦陌生就不會遇到熟人，也不會有人知道我們身懷鉅款；就算我們自己，由於突然擁有太多，我們也不太相信，從進門後雖然非常興奮，其實我們也一直感到驚慌。

但這些錢並不是憑空而來，我們吃了不少苦。颱風天照樣騎車，尤其長長的夏季那種雷電交加的暴雨，路上看不見路，隨時都在茫然中趕路。

那年他大約四十五歲，在我眼中已是個小老頭，可見那時我有多小，我跟著他一起離職，兩人硬著頭皮接下彰南路一批賣不出去的成屋。

那時我還沒有結婚，因為窮困的家境無法滿足別人的世俗，所以我比任何人喜歡錢，不只喜歡，我更喜歡邊做邊幻想，想像自己有一天用錢摺飛機，然後跑到貧民窟射給他們。我的摩托車撞翻過兩次，遠遠看去的雨中本來只有小燈閃爍，衝上前去才發現那是一台卡車滿載著貨物，摩托車滾到大輪胎下面，我的靈魂看著自己的肉體飛起來，整個頭像一顆秋天過後還沒摘下來的野柚子垂在樹梢。

有時我很想偷懶，例如中元普渡，或是春節第三天，明知不會有人要來看房，他卻還是堅持上午九點一定要準時到達。並且規定，早到者先掃門前的落葉，至於遲到的人就不用掃，也不用插手其他的雜事，甚至可以乾脆坐下來看報紙，因為他說：「既然跑那麼遠是為了遲到，來要做什麼，生命是可以這樣糟蹋的嗎？」

後來我每天都比他早到，掃完了落葉，還來得及把爛醉在實品屋裡的業主叫醒，然後跑到郵局對面買燒餅油條和一份報紙。我回來時他也到了，八點五十九分的摩托車還沒熄火，他先摘下安全帽拿進來，直口對著我讚美，然後像個耿直的軍人走出去拔下鑰匙，這時他平常設定好放在梯口的鬧鐘，剛好就會準確而完美地叫了起來。

「你失敗可以重來，但是我沒有回頭路。」他說。

我每天都在重來，他每天就像沒有回頭路那樣地堅持著。

連續一年，我們果然領到了錢，第一次走了進來。

咖啡終於端來了，再也不怕有人干擾。這時他瞟我一眼，把皮袋移到桌下中間，兩手摸進裡面，一次只拿一疊，然後開始低聲念著，就像投開票所正在唱名：這你的，這我的，這你的，這我的。所有的動作都在桌底下進行，各裝各的袋子，每人分得七十五疊。那個皮袋本來就是他的，如果直接給我七十五疊會更簡單，剩下的他帶回去就好了，但我不敢說，我覺得應該讓他表現自己的正直。

這時的咖啡已經不冒煙了，不再那麼香了，而且有一點苦，他咂咂嘴沒喝完，突然說他想要趕快回家。

「我老婆沒看過這麼多錢，」他說：「這個你可能不懂。」

那年我買了第一套西裝，驕傲地在那三家書店裡各買了幾本書，然後一點都不遲疑地朝著咖啡廳走進來。我坐在窗邊閱讀，由於忽然像夢一樣，便一直無法專心，兩眼不時溜到對面騎樓下，彷彿看得見自己還站在那裡低著頭翻書呢，好瘦好瘦的孤單的身影，不像我已啜了兩口而且正在練習斜躺，享受著這種布沙發的柔軟，且又非常謹慎地沒有讓咖啡稍稍濺出來。

凝視

那年，一個突然來到的際遇就像鬼使神差，我受邀參加某個建築團隊的開發案，標的雖只是一塊小土地，卻因為它寬寬長長橫跨在整條園道上，往南望去只有兩公里外的國美館，地段價值確實無可取代，難怪那些夥伴們時時刻刻處在一種興奮難抑的美夢狀態中。

美國設計大師承攬規劃，洲際集團提供飯店理念，某家投信機構負責股票上市輔導，所有最好的設備廠商全都延攬進來待命，只等開工號角一響，全台各大五星級飯店都將從此走入黯淡的歷史。

夢境占領一切時，魔鬼不會出聲驚擾。

一年後，巨星般的規劃閃亮出爐，四十七層玻璃帷幕藍圖迎向天際，樓層下半段配置企業家辦公樓，中層以上作為國際連鎖飯店，頂樓則是全市最高也最昂貴的餐廳。它的造型，乍看是一條魚，頭尾朝著東西方漸次退縮，寬長的魚腹則面對著國美館呈現出晴空藍的漂亮弧彩。

嗯，真的很像魚，可是一條魚要怎麼浮游在半空中？

開工兩年後，全棟鋼骨巍峨如山，中途遇過大地震也安然無恙，只等著機電設備和玻璃帷幕陸續進場，眼看它將水到渠成，不久之後風光開幕的盛況當然就不在話下。詎料，那些股東的個人財務卻在震後頻出狀況，接著骨牌效應般一個個週轉失靈，影響所及，鋼骨大樓的定期增資面臨著斷炊窘境，撐到最後竟然連銀行利息都繳不出來。

停工期間他們並非毫無掙扎，除了四處籌資，還試著讓渡股票來換取資金挹注，也曾在一個陰雨的上午，從台中火車站迎來六個大喇嘛進行祛災祈福儀式。然而結構量體畢竟太過龐大，新資金難以募集，誰都承受不起那一萬多坪的空中面積，何況那時的市場猶如戒嚴時期的冷清，整條園道的草木還沒成蔭，旁邊市民廣場遊人稀少，後面的公益路當然還看不到誠品園道店的影子……。

那幾年，台中的天空意外地蕭條落寞，大抵就是這座鋼骨裸露的空殼建築所造成，像個披頭散髮的將軍緬懷著失敗的戰役，每天垂頭喪氣站在那裡，一直到又幾年後，債權銀行進場接手裝修，邀集各家集團企業進駐，才總算亮起了如今每晚頂樓上的那一圈虹光。

我居住的地方，走路到那家飯店只要十分鐘，當年的夢境那麼遠，沒想到它落成之後就在眼前。當我在客廳裡走動、在書房裡寫作或只為了關上浴室角落的小窗，嗯，這時我才發現，原來它已經不像一條魚了——十多年前那美國大師專注推敲出來的魚態，如今更像一隻長達四十米的彎曲的眼睛，彷彿能夠穿透一切，每分每秒都在凝視著我的隱居。

即使夜幕低垂，或者已經來到深宵午夜，那隻眼睛仍然傾注著一種不見不散的淒迷，它的瞳孔透露出堅定的情感，眼瞼就像兩片永遠敞開的窗。我知道那不是什麼象徵，它也不是為了成為一種象徵而存在，倒像只是遙望著當年，悼念著那一群夢中勇士，彷彿看盡了人間事物的虛與實、精神物質的空與有、以及作為一個夢想家無可避免的失敗與滄桑。

那些失散的勇士們，有的遠走對岸，有的沉淪江湖，有的只能每夜沉溺在杯中飲恨，而我依然獨自走在自己的路上，白天看著新顏舊貌來了又走，夜晚則把自己寫進過去的歲月中。有時採用第一人稱懷念我自己，有時改以第三人稱走進他人的生命，然而無論是哪一種寫法，不知為什麼，當我回望著窗外那隻巨大的眼睛時，一股淡淡的惆悵就會再度襲來，總覺得它不只凝視著我，它也在迷濛的夜空中強忍著自己的哀愁。

今晚去哪裡吃飯

認識老利的時候，他還沒有現在這麼紅。紅是那種退居幕後的寂寞紅，平常不上舞台，自然也不用搽脂抹粉，卻一旦正經說起話來，聽說周遭鴉雀無聲，氣勢不輸當今綠營任何一個王牌。

這麼說來，我這朋友好像三頭六臂。其實初看也是平常之人，他的脊椎甚至有些側彎，以致當你看著他時，會發覺他的肩膀有著向右傾斜的傲慢，幸好他的臉和脖子是屬於左邊的，為了撐住困境中的平衡，反而形成一種揚眉吐氣的神采。

那麼，老利是做什麼的，坦白說很難一語道破，何況政治檯面上他從來不出頭。你不是看過選舉嗎，反正就是那種選賢與能，經常選出一堆庸俗政客的那種聖戰，時間一到，鑼鼓開始歡騰，口沫熱淚排山倒海——但這些場合還不見得看到他，要一直等到開票結束，有人提前謝幕，有人徹夜點燈，有人代表政黨揚言下次還要再來……，嗯，這時的老利還不見得露面，他躲在某個房間裡抽煙呢，幾個幕僚來來去去，各地捷報不斷進來，外面的世界正在暴風雨，唯他獨享一種甜蜜卻又接近虛脫的寧靜……。

他做的事姑且叫做操盤。選舉的操盤很像建商的規劃，一塊空地到手前，通常都要很快聯想到完工時的樣貌，若沒有十年功力，休想眼睛一瞟就能知曉。操盤也是一樣，選票在哪裡，民心流向何在，誰是可用之兵，誰又是未來的將領，他幾乎就是眨眨眼就能一目瞭然。

一九九九年，二〇〇二年，前者大地震，後者是怪病陰影籠罩全台的SARS疫情，兩個黑色事件相繼重創經濟後，一天下午，我和他來到一家飯店樓下喝著咖啡，由於時間還早，便臨時起意想要介紹這家飯店老董給他，讓他這位社會運動者親自見識一下勝利者的落難時刻。不料一進了辦公室，裡面已經聚集著七、八個人，一個個都是我的舊識，我們便坐在一旁跟著他們閒聊起來。

約莫到了黃昏，眾客無一人離席，我怕耽誤了老利，正想和他一起告辭，這時助理小姐卻突然買來一包燒餅，當場每人各分一片吃了起來。

老利如果記性好，應該還沒忘記這件事——我們來到樓下大廳時，他好奇地問著我，你們建築業都那麼閒嗎，等一下他們要去哪裡？

我說，他們在等誰開口說第一句話：今晚去哪裡吃飯？

啊，那時的我，心存著一絲悲憫或者僥倖嗎？我告訴他，吃飯時間到了，但是沒有人敢開口，每個在場者雖然以前都曾經叱吒風雲，如今卻已淪為經濟風暴中的受害者，這種吃飯時刻難免阮囊羞澀，誰要是開口說吃飯誰就要負責買單，想也知道還不如安安靜靜地拿著燒餅慢慢啃。

那麼久的畫面了，我吃了那塊燒餅後，十多年來竟還有苦澀的餘味留在嘴邊。那些舊識幸好如今有人已經翻身，有的卻還徘徊在蒼茫的街頭；我則是從那時候開始膽小如鼠，雖然還在從事建築，卻已突然面臨著精神上的無處可去，只好回頭潛入文學的深海，慢慢成為像我現在這樣的人。

我為什麼寫作，就像我為什麼不寫作。我為什麼忽然想起老利，畢竟因為他也是個同樣有夢的人，三十年前在那樸實的豐原小鎮，他早就開了一家大書店，舉辦過一場場的簽書會和文學講堂，若不是有心要把沙漠變成綠洲，起碼也是個願意幫人紓困解旱的引水人。

如今的老利卻還留在為人推波助瀾的浪頭上，人生最美應該不是這樣的時刻，要等到風平浪靜，那時候看到的海鷗才是海鷗，白帆才是白帆。但人生最難也是這種夢想，往往只能把海鷗看成了自己的白帆。

低調的奢華

建築領域裡，自恃經驗老到的我，其實也曾敗下陣來。

那年我開發了一塊非常漂亮的土地，位於文教區的榜首地段，論規劃是人人嚮往的大院庭園，推出時間特別挑在農曆春節，著眼於年終歲暮總有大批返鄉人潮，明眼人當然知道我要掌握的是新春的一波先機。

我只在幾個重要路口懸掛預告看板，現場則搭建一座窗明几淨的接待所，門外鋪著露天木頭平台，找來了流動攤子負責燒煮免費咖啡，而且撐著好幾把大傘遮住了那幾天陰陰的天空。第一天，來客果然爆滿，每個業務員接待到人仰馬翻，臨時打印的看屋排序累積到一百多號，很多不耐久候的客人喝完咖啡就快快離開了。

我暗自得意這海浪般洶湧的人潮一如所願，從事建築多年還不曾見過如此動人的盛景，可見時機的拿捏是多麼準確，前不久市場才經歷過兩波天災人禍，先是九二一大地震，沒幾年又是SARS疫情，大多數業者還在療傷止痛，我卻已聞到一股復甦的氣息，壓抑已久的民間財富正在蠢蠢欲動，很像一片冰封雪地忽然融出潺潺流水的清音。

三天後統計出爐，來客量超過五百，成交率卻是跌破眼鏡的低。

會議針對產品規劃提出討論，一致認為坪數過大，客人承受不起。我聽了感到相當刺耳，極不喜歡剛上陣的部隊如此氣餒，就快要動氣時，一個初出茅廬的傢伙突然舉起手來，他紅著臉說話，卻是那種突然要把人驚醒的聲音，「不知道說得對不對，我覺得啦，我從客人的表情中發現，有錢人不喜歡看到窮人。」

檢討會的氣氛頓時有些凝重，本來發言還算踴躍，一瞬間被這隻菜鳥的謬論噤住了，沒有人知道該怎麼接腔，卻也聽不到有人反駁，靜默中似乎快要形成了共識。我只好點名主管提出看法，這時他總算鼓起勇氣，在這天的會議中留下了最終的結語：我們對於來客沒有做出「區隔」。區隔是什麼，後來我總算弄明白了。

我獨自開車繞了幾趟當時逐漸熱門起來的七期市政中心，才發覺自己的行銷經驗早就不合時宜。那裡的接待所看不到人影晃動，門口一律設置著靜幽幽的水池或竹林，從外面瞧進去只見小徑曲折，然後就被一道薄牆阻擋了下來；接待所的另一端，則是一條迎賓車道藏在花圃後面的屋簷下，方便豪宅客人下車時淋不到一滴春天的小雨。

那是個貧與富如此涇渭分明的世界，原來新時代的窮人已被隔開了，他來到這麼深幽的門禁下自然裹足不前，豪宅根本不屑於讓他進來，以免真正有錢的客人望而生畏。而對富豪來說，這種門禁森嚴的孤高境界便就是所謂的低調，低調這兩字顯然好用，用來自欺欺人，既可掩飾奢華的極致，也能讓那些狂妄自大的傢伙安心套上謙虛的外衣。

幸好就在這時候，我突然發現了一個驚人的祕密。從隱密車道裡駛出來的轎車緩緩離開後，接待所裡面迅速衝出了一個人影，他從西裝口袋摸出一把望遠鏡，朝著那部轎車的尾燈搜尋而去，直到那車子明明已經轉過馬路的另一端，他還瞅著鏡頭埋伏在隱密的樹梢裡。

我想，他應該是全世界最偉大的業務員了，在這豪宅世界兵家林立的華麗戰場上，附近一家家的接待所爭奇鬥豔，他這小小的動作顯然為了掌握客人的行蹤，很想知道好不容易上門的富豪到底流落到哪個敵營手中。我卻覺得他這卑微的望遠鏡真是動人極了，他機敏地穿越了自己的視野，彷彿終於縮短了貧富差距，用一個小小的鏡頭看透了人間社會的薄情。

我的月光

那裡本來是一塊農田，耕作者是個老佃農，早年透過耕者有其田的條例取得部分耕地，終其一生就在這塊土地上勞苦種作，平日省吃儉用攢存微薄，然後在貧瘠的七〇年代適逢田主有意釋地，遂以其卑微之身慢慢成為後來持分最大的地主。

我認識他的時候，他已年過七旬，每天仍然戴著斗笠彎腰插苗，他的側身與背影曾經上過報紙版面，記者號稱他是國內年紀最大的城市農夫。

那段期間每隔幾日的夜晚，我就會循著田埂走進他獨居的那間土屋，兩人坐在一盞燈下對看，有時說話有時停語，陪伴在他身邊的是從事洗相沖印的兒子，臉上頗有一股防範騙徒的專注，一方面期望著父親首肯賣地，卻又對我這個陌生人充滿著戒心。

售地訊息是土地掮客透露出來的，霎時讓我感到相當震驚，畢竟這塊農田從未休耕，每次路過都還看得到他來回勞動的身影。然而地段是那麼誘人，四周老樹成蔭，前有廣場後有一條園道，光是田中央那棵老榕樹就有百年歲月的話題。

那個掮客想要搭線不得其門而入，最後才請我試著出馬，我帶去的伴手禮每次都被他婉拒，偶爾遞給他一根煙時甚至滿臉羞赧。面對著一個商家買主親自登門，他不知所措只好保持沉默，兒子則因不忍父親日漸衰老而滿懷著竊喜和擔憂。

一年三個月後，老農終於和我簽下了合約。

合約簽完那天晚上，他總算抒發著欣慰的語氣，他說他未來的計畫都想好了，準備拿三億去投資郊區的便宜農地，剩下的全部交給兒子用來創業並且照顧他自己的晚年。

沒想到中途卻出現了變數。原來的田主從中作梗，堅持不賣地，唯一的理由是毫不缺錢，根本不把僅有的一點點持分看在眼裡。那時的市場正在頻傳風聲，說全台即將實施容積率限縮管制，土地利用率勢必大幅縮小，影響所及就是地價會大幅滑落。情勢變得越來越窘迫，老農開始每天陷入恐慌，如果趕不上申請建照的最後一班車，他賣給我的那筆好價錢終將成為一場空。

半個月後，那不缺錢的田主終於開出條件，要求我出讓購地權利，然後保留部分持股，再由他熟識的另一家業者來主導開發，否則他寧可死纏到底，任由這塊地從此荒廢在所不惜。

當晚我請教了兩名律師，一個建議我打上買賣官司，一個要我按兵不動，就算容積管制真的如期實施，頂多合約作廢，至少我沒有任何損失。是的，倘若我強硬到底，這個刁難者也絕對撈不到一點好處。

但是後來我竟然答應他了。

我以小股東的身分參與了那年的規劃，並且走到業務前線親自操盤，默默完成了此生為人作嫁的最後一批作品。那年我四十歲，從來沒有人教我怎麼做人，也不知道商場這條路是否有人願意這樣倒退走，只覺得自己的傻勁不可理喻，腦海裡唯一惦記著的，竟然只有那個老農每天彎腰駝背的身影。

人生什麼最難，我覺得是欲望。

想要作為一個稍有格調的人，有時竟然是需要軟弱的。

三年後，二十二層的高樓建築擎天而立，社區頂樓嵌著我用心留下的四個虹亮字體：月光流域。

這是多少年的往事了。市民廣場南側，勤美誠品的正前方。

四十歲

以前我學過珠算，上課時老師唸數字，我們在台下屏息撥算盤，一室滴滴答答，頗像窗外雨中那些簷溜的聲響。每次的測驗大約兩分鐘，他會突然喊停，然後抽問幾個人，答錯數字就是零分，連續五次零分就得在暑假重來。

那天被抽問的同學全都過關後，離下課時間還早卻已無課可教，他便忽然談起平常不敢多言的政治見解。下課鐘響時，他好瀟灑，匆匆地留下了這句話：「台灣要有救，四十歲以上的人都要死光光。」

他自己早就超過四十歲，戴一副厚厚的眼鏡，臉孔是那種黝黑中逐漸褪色後的蒼白。學期結束後，我再也沒有見過他，那句話卻在心裡烙印下來。

那時我的父母還是攤販，他們也過完了四十歲，而我畢業不久正在等著兵單。社會還很保守，思想完全封閉，連聽著收音機都很怕轉錯頻道，一碰到嗤喳模糊的訊號馬上避開，以為那又是統戰的魔音滲透進來。除此之外，我並不知道台灣有沒有救，四十歲的人都還活著，只是活得不快樂罷了，一般人表情僵硬，讀書人躲在密室清談，外面聞不到自由的氣息，冥冥中很像一大把黑傘籠罩著戒嚴時代的天空。

退伍後我踏入職場，路才開始走，視野一點也不遼闊，看不到未來長什麼樣子，也不明白為什麼救台灣和年紀有關。直到有一天我走進了巷子，從一本剛到手的黨外雜誌細細讀起，才知道自己和多數人一樣，活在思想嚴格箝制的老舊牢籠裡。這時我才逐漸拋開了一般寫作，開始學習和人論辯，匿名發表革命文章，任何街頭抗爭無役不與，十足像個憤怒青年急著爬上那段陰暗歷史的路肩。

那時黨禁還沒解除，黨外還不是黨，言論思想沒有鮮明的旗幟作為憑藉，人的相處難免就有爾虞我詐的那種疑心。我因此養成一種毛病，喜歡猜人，從他的外貌揣測他的內心，凡讓我覺得他是箝制者的一方馬上唾棄遠離，只有那些看來憨厚正直的長相，我才會試著和對方說起話來。然後選季一到，我開始到處跑場，遠遠站在麥克風聽得見的黑暗彼端，隨著鑼鼓大搖旗幟，一聲聲喊著凍蒜直到喉嚨完全沙啞。那段期間認得我的建築同業對我頗為不屑，說我放著美好遠景不顧，跟在一群莽漢後面像個自找麻煩的傻瓜。

我還四處捐款，儘管自己生性簡樸，碰到選戰開打時卻又落落大方，直到慢慢感受到一種他人無從體會的屈辱，那股傻勁才稍稍放緩下來——有個當時和我同齡的候選人，明明幾分鐘前給了他一張支票，他上台後說的卻是一個工人剛把幾張舊鈔塞進他的口袋裡，讓他感到這一生中從未有過的溫暖。也有個環保博士選市長，我不認識他，只因看到報紙寫他患了重感冒，馬上捧著一大筆錢跑去給他送暖，落選後他毫無音訊，路上相遇甚至完全認不出我來。另外就是那個黨主席，他出獄後我信奉他如神祇，一路護持他為國為民的情操，未曾懷疑他承受過的苦難，他卻因為難以抗拒誘惑而重重敲碎了我的心靈……。

經常猜錯人，難免換來身心交瘁，一直到後來才又回到了文學。

那麼多年後，我們早就越過四十門檻了，如今在年輕世代的眼中，不就也是來到了被那珠算老師咒死的年紀嗎？威權體制潰散後，人的意識型態好不容易漸有包容，然而擺在眼前的卻又是不知何去何從的歧路：國家定位含混不清，產業經濟困頓模糊，教育政策亂無章法——如果這些障礙都要丟給未來，對年輕人而言，我們不也製造了另一種仇恨，從此又留下社會的傷痕。

你也四十歲了嗎？時間好無情，歲月滴滴答答一直消逝著的聲音。

借事

午後的窗外突然下起雨來。夏日常見的驟雨，柏油路冒著白煙，行人全都跑光了。從後方繞進來的摩托車一時找不到遮掩，只好衝來門外那棵樹下躲雨，男的用袖子擦著臉，一邊掏出手帕遞給後座的女生。那女生看來有些矜持，搖著頭沒有接手，側坐的身子輕輕滑下來，悄悄拍撫著裙後的皺褶。

閒著沒事的下午，業務跑出去搭訕，沒多久把他們請了進來。

兩個多小時後，男的掏光了身上的錢，簽下了三房兩廳的訂單。

這件事說來並不很稀奇，在那還不繁榮富裕的年代，房價相對非常可親，社會上沒多少仇恨，買房子的趣事更且時有所聞。有人臨時跑進來借廁所，有的是夫妻兩人在黃昏散步，也有人只是來溜狗的，都是偶爾路過的半生不熟的新舊面孔，輕鬆自然寒暄幾下後就走進來了，聊著聊著順便參觀一下模型，問完房子大小和方位座向後，往往不經意就訂了下來，基地根本還沒開工，不像買棵果樹很快就能看到水果。

我特別記得下雨天那兩個年輕男女，是因為幾天後他們前來補足訂金時，男的坐在櫃檯繳錢，女的卻在他背後悄悄哭了起來。業務小姐忙著上前去安撫，以為不過就是兩個小情侶鬥嘴不開心吧，巧妙地把她帶到沙發坐下來，免得突然弄僵了買房子的喜氣。

保守的那個年代，連哭聲都是含蓄的，二十來歲的女孩，捏著手絹發愁，她說一年多來只和他寫信當筆友，下雨那天才是第二次的見面，沒想到突然在她面前訂下了這間房子，「以後怎麼辦，我不知道啊？」

問她害怕什麼，困惑著說不出來。

兩個業務圍著她安撫，「我們替妳高興呀，別人不見得有……。」

「可是，買了房子，不就是一定要嫁給他了嗎？」

我後來並沒有追蹤他們的消息，結了婚沒有，交屋後住進去了嗎？只知道那樣的小故事離我們現在越來越遠了。寫信，初見面，躲雨的下午，驚慌的眼淚，一個時代結束前好像都有那種溫馨可愛的小畫面，當時並不覺得那是值得記憶的身影，也以為這種小事很快就淡忘了，沒想到卻像扎了根一直盤據在我腦海。

我還記得那是逢甲大學前方，西屯路上，三房公寓，總價七十五萬。而且還記得它是坐北朝南，小客廳看出去有個小公園。

我每次只要路過那裡，難免就會有個念頭想要看看它，那棟公寓如今也老了，四周錯落著比它更高的樓房，總算隱約還有個小陽台硬從新時代的樓群中擠出來，斑駁的磁磚大多褪色了，陽台欄杆細細地映著慵懶的日光。

該忘掉的忘不掉，不該消失的卻都完全消失了。

我做了三十年建築，曾經自豪看盡了人生的高峰和低谷，實則後面這幾年才算真正進入堂奧，眼睜睜看到的是房地產市場真正的浩劫——無能的政府放縱之下，各路熱錢湧進來攻城掠地，利用油電雙漲製造恐慌，從此地價狂飆，房價衝高後懸在半空掉不下來。資源有限的海島國家，自己人搜括自己人，年輕世代初來乍到，迎面就是被搜括盡淨後的滿目瘡痍的戰場。

浩劫過後，社會裂出一條鴻溝，人間剩下貧富兩半。

如今，誰都回不去那個躲雨的下午了，那一對初戀男女彷彿來自神話，幸福來得太過容易的年代，連驚慌的眼淚都充滿著一種光榮感。那令人懷念的舊傳統經過現代文明的踐踏後，眼看著資本家貪饞的背影揚長而去，我們才恍然大悟原來這就是社會的無情。

作為商人或一個作家，我身上的這兩種角色總是一直對峙著，一個不能不頑抗，一個不能不柔軟，本來今晚只想借一件小事緬懷往日，沒想到還是把心裡的那種深痛的厭惡感寫進來了。

雲

六月一日，今天的報紙，你讀著報紙一邊喝茶，或者工作剛忙完，正在翻閱著此刻的副刊。那麼，你將會知道，再過幾個鐘頭就是我的時辰——二十二年前，同一天，就在今夜，我本來可以和你一樣，穿好了睡衣準備進入夢鄉。

然而持槍歹徒已經來到我家。

家裡只有我一人。分娩不久的妻子留在坐月子中心，三歲大的兒子寄放保母家裡，將近四十年的生命中彷彿只有這一刻最讓我放心。他們把冷氣開到最強，打開音響，藉由掩人耳目的聲音開始翻箱倒篋，全家福的照片扔在地上，牆邊的水族箱撲著魚群奔逃的亂影，我最愛的一件件老收藏被他們從櫃子裡拋出來。

是在超商門口被他們攔下來的，邊走邊看著晚報呢，六月第一天的晚報，沒有比我更聳動的頭條，只能說是命中注定，我匆匆瀏覽後夾到腋下，就那麼一瞬間被他們四個人拖進了深淵。

那時已接近半夜，身上沒有錢，也從來不帶什麼提款卡，他們搜掏全身後開始在車上咆哮，接著又彼此低聲交談，隨後車子掉頭飛奔，揚言要把我帶到無人的荒郊，直到有誰接到電話通知後帶來贖款。

那年我還不到四十歲，冷靜得很，冷靜到連自己都會害怕，困在車後座裡還自問著為什麼為什麼我能夠那麼冷靜啊，原來只想著無論如何我都要活下來。四把槍，兩排裝不完的子彈，殺雞用上了牛刀，這還不夠慘，眼鏡也被他們摘掉了，四野茫茫，殺聲喧譁，任何花拳繡腿的反抗當然都是徒勞，這時我只能鼓起勇氣，不是求饒，而是和他們協商。

「我一個人住，你們跟我回家。」

這句話把他們嚇壞了，四個人交頭接耳研究一番，答應了。

他們跟著我溜了進來，騙過了樓下的管理員，連我五個一起擠在狹窄的梯廂裡，空氣有點混濁，喘息十分艱難，燈號就快要跳上我住的樓層時，被稱叫老大的傢伙噏著口水說：如果裡面有人，見一個殺一個。

他們終於找到存摺印章後，替我換上較不會發出聲音的布鞋，我們悄悄又回到地下室開車，然後朝著原路奔馳，最後來到一處偏僻的橋邊，一部黑色的車子已經停在那裡準備接應。離天亮還很早，黑夜似乎把他們累壞了，一個個半睡半醒，我用盡蒼茫眼力還是看不清這些人的臉孔，只知道都是路邊常見的小混混，卻又難說他們不是魔界未來的菁英，我只好像個垂危的病人不敢發出任何聲音。

銀行九點開門。九點十分，兩個傢伙換乘那部黑車出發。他們約定暗號，如果領到錢，傳回來的號碼就是999，留守的兩人就可以把我釋放；要是傳回來000，那就表示行動已經失敗——這時老大掏槍抵住我的心臟示範，「就從這裡開進去，警察會來替你收屍。」

B.B.CALL盛行的那個年代，我的生命突然變成了數字代碼，管你是個民主鬥士或是滿腹墨汁的作家，反正只要抽中了000，上帝再怎麼慈悲也會掉頭離去。我偎著緊閉的車窗開始等待，防備著空氣中隨時爆出那種嗶嗶嗶嗶的幻音，整整一夜的冷靜突然快速地溶解，這時的我才真正開始感到驚慌。

你看過木棉花嗎？花落之後，果實就會裂開，白色的棉絮就會開始隨風飄散，有的攀掛在另一棵樹的枝頭，有的遇雨馬上化為塵泥。此刻我的困境恰恰就像這種木棉花，最怕一陣亂風吹來，若是不願飄在空中淪為白絮，只好想盡辦法看看能不能變成地上的一朵雲。

二十多年後，如今我還在呢，然而卻不是因為我的命運抽中了999，而是那個000對我太不忍心。那麼，究竟當年是怎麼逃生的呀，我本來就沒打算在今晚說明白，除非以後我比現在還強，才敢寫出更完整的篇章。

我不是想要成為地上的雲嗎？其實後來差一點淪為晚霞。

鳥飛過天空

建築業的職場生涯，我最後一個老闆，有一天受不了樓下客人的謾罵聲，從樓上他個人專用的午睡房衝了出來，邊走邊套著晃蕩的長褲，顧不得臉上還有宿醉的殘痕，來到大廳時不問原委，一出口就是難聽的三字經。

客人是來申訴的，買不到兩年的房子到處漏水。

談不上消費權益的那年代，別說房子漏水，屋頂垮了都還不知道找誰頂下來。我的老闆卻是理直氣壯的，眼見櫃檯人員招架不住，他自己加入戰局，對於修繕要求一概推說期限已過。客人氣到翻了桌子走出去，他竟然還不慌不忙地跟在客人背後，走到大街上高聲叫著：汝去探聽啦，啥人咧起厝無漏水，我去拜伊做師傅。

那年我學到的其實就是真誠。

我離開那家公司出來創業時，雖然起步只是業務行銷的領域，偶爾聽到房子漏水不免還是會心頭一驚，畢竟那太敏感了，客人買的如果是漏水房，以後還有誰願意存下血汗錢來置產。

直到後來我自己蓋起了房子，才知道建築其實不用太多的學問，只要任事真誠就足以防漏了，就算真的漏了水，緊急動員師傅搶救都怕來不及，怎麼還有勇氣把一張臉丟到了大街。

後來的建築生態慢慢步上軌道，購屋糾紛不再那麼頻繁上報，也許要歸功於網路世界崛起，口碑一傳千里，好的壞的都在輕輕按鍵後立即呈現，投機取巧的業者根本無所遁形。

相對的，紙媒日漸式微後，推案不再那麼簡單順手拈來，以前一波報紙廣告就能推波助瀾，現在四十全批的跨頁版面還不見得喚來幾隻貓。怎麼辦，建商只好乖乖學著包裝公司形象，凡是有助於提升公司知名度，哪怕上山下海，為了房子好賣，莫不都是一船人總動員，臨時學來鴨子划水的功夫，務要把鋼筋水泥這種堅硬粗魯的形象重新包裝，把它美化得像一團團棉花那麼柔軟。

育幼院、收容所、安養中心，到處看得到建商回饋社會的身影。

重陽節、中秋夜、冬至大寒，每個節慶都有他們跨界送暖的足跡。

有時還怕不夠好，定期舉辦員工大捐血，全公司捲起袖子，等著幾天後登上報紙版面。有時還怕外界不領情，廣告日特別找來大廚烹飪，三兩下弄得四處飄香；要不就是來一場名琴鑑賞、珠寶特展、茶與花的人文邂逅……，大師親臨客串，慕名者擠滿了接待館，到處都是衣香鬢影，一曲又一曲終了後門外那些鋼筋激動得頻頻在風中顫抖。

琳琅滿目的那些活動留影中，每個老闆幾乎都站在中間，笑得特別燦爛，乍看都是苦人所苦，硬著頭皮也要彎腰修行，非要把自己弄得像聖誕老人那樣慈祥溫馨……。

在那些突兀的、生硬的、令人目瞪口呆的畫面中，有時我還真的會感到無所適從，懷疑自己是否太過孤高又驕傲，否則為什麼不和他人站在一起，寧願冒著一個人默默獨行的風險？

有人問我為何還要熬夜寫作，我說我從那個虛華的世界中逃走了，眼前只剩這條蜿蜒小路可以抵達文學的森林。這裡人煙稀少，寂寞最多，卻也有著我最嚮往的自由，像一隻鳥拍拍翅膀就能飛過天空。我坐在這裡讀書寫字，有時緬懷自己，有時惦念他人，有時雖然想起那些曾經不知所措的困境，我仍然覺得唯有此刻的生命最美，遠遠超過我所來自的那個世界。

山居

山居的房子，四面環山，前有北港溪從惠蓀林場後方奔流而來，東側則是攔沙堤下的溪水迴繞在旁，整塊基地高如岩磐，既可俯視北面的四季林相，入夜又能像個處子般靜臥在不知名的山丘旁。

這塊村地來自有一天釣罷回家，途經一條產業道路，四周暮色籠罩，只有幾戶人家在幽暗中零落點燈，眼前隱約只見一片廢耕的梯田，芒草款擺在風裡，一壠石砌的農路映著初升的月光。四十四歲那年的我，初臨這份寧靜，忽然湧起了莫名的情懷，彷彿聽見一個溫暖的港灣正在對我呼喚，它似乎可以停泊我的船，靠岸的時刻大約就是這裡了，我一直尋覓的隱居之處或許就在這個地方。

建築藍圖確立後，隔年開始動工，打樁放樣才剛起步，山下雜貨店的鄰長騎著機車衝上來，瞧著傳聞中橫跨著東南西北的界樁，惶恐地問我是不是要興建豬舍？她說：醜話講在頭前，飼豬無衛生擱兼有蚊蟲，厝邊頭尾攏嘛反對喔，這是人住的所在……。

半年後逐漸拆模露出了房型，斜屋頂鋪起了黑瓦，村落人家再次跑上來觀望，這回有的圍在廊下悄聲議論，有的對著工人嘖嘖讚賞：原來是一座禪寺啊，莫怪會選到這個好風水。

那年的秋天，泥工退場，室內裝修接近尾聲，卡車陸續載來樹木和植土，一場綠化工程緊接著就要展開。我那一群裝潢的工班卻突然捨不得走，師傅打電話問我可否讓他們過上一夜。我臨時從台中繞過去一探究竟，不清楚那麼多人是要睡在哪裡，沒想到他們把露營的帳篷全都帶齊了，預備就在門前的廣場草地上搭起來。

那夜正是一九九八年的中秋，一群人在樹下生起柴火，鍋子裡正在爆香，從橋澗下方撈上來的溪蝦，一隻隻活跳跳地擠滿了大水桶。也有工人在午後的雜木林採來一堆野生的柚子，加上我帶來的幾盒月餅，湊合著雜貨店載上來的一罐罐冰啤酒，每樣東西鋪在地上照著營火，每張臉燦亮得彷彿一瞬間回到遙遠的夢境裡，他們開始歡欣沸騰，明月特別皎潔，對岸的樹林映照著我所見過的最美的月光。

山居落成後，十五年來，我沒有為它取過任何一個雅名，也不曾邀約商界的友人前來小住，倒有好幾次舉行過文人雅士的徹夜清談，一時恍如文風鼎盛時期的文學論戰，很多話題都離不開寫作甘苦談和各個時代文學的盛衰。

那幾次的聚會後來卻發生過一樁插曲，小說家突然槓上一位大詩人，兩人針對農民問題大動肝火，最後演變到不歡而散。也算是個巧合，平常負責選舉操盤的利錦祥剛好在場，那種小兒科的吵架看在他眼裡，戲就來了。老利這人雖然是文青出身，可也見過太多的街頭世面，他長期從事政治運動一路走來，可能熟知務實的理念比較重要吧，沒多久竟然央人載來兩張麻將桌，吃的喝的全都由他張羅齊全，一行人當下就在屋前的長廊方桌上鋪排起來。

從那夜開始，若有人專程遠道而來，幾乎就是老利的呼朋引伴，文學退位的結果，政治話題淹沒了騷客的雅興，喝酒的喝酒，敘舊的敘舊，旁邊則有兩桌勇士圍城奮戰，天亮之前沒有任何人願意離開。

純粹的山居何以質變至此，想來也是九二一大地震的貽害，泥沙崩落的北港溪無魚可釣，我只好高掛著釣竿空聽水聲飄揚。為什麼不在這裡寫作呢？是有寫過啊，可惜天空蔚藍，窗外的鳥叫聲頻頻催喚，寫幾個字就禁不住抬頭望，總是靜不下來。

蝴蝶

很久不曾聯絡的友人，多年後看我開始發表新作，都會主動表達一份對我的關心和揶揄：你沒騙人吧，你真的……真的想要退休了？也常有剛結識不久的文學前輩，席間談起我的新書之餘，會突然訝異地轉頭問我，「原來你還在做啊？」

聽起來，寫作這條路除了孤寂，恐怕還得在工作之外擁有更孤寂的心靈，像我長年從商卻還回頭寫作，寫的又是偏離吃喝玩樂的小說文體，這樣的人在這樣的時代，畢竟是不多了，甚至可說完全都沒有。

除非擔任教職、編輯或從事相關文化產業，或者退休後閒來無事，否則如我一介商賈兼以文學為志，豈不就像一腳皮鞋一腳雨靴，走起路來不免忽高忽低那麼的不合時宜。

難怪每每夜深人靜，想到的都是要不要提早隱退的念頭。

第一次真正陶醉在這種自得其樂的想像中，大約是在兩年前，那時滿腦子都是夢的畫面，既然每天可以睡到自然醒，那就不擔心晚上睡或不睡了。那麼，以後出書會有多難，一年三本不多也不少，讀者甚至遠從恆春遍布到鼻頭角。越想就越飄飄然，想像自己的回航就像老農一路插秧，眼前一片荒地廢耕多年，正等著我回來種它綠油油的幾畝田。

一直惦念著的，想要藉由安靜的文字說些話罷了。

卻在這時，接到了一通使我的退休夢無法如願的電話。

一個全新組合的建築團隊打來，說他們準備開發一座山。電話中他把那座山描繪得極壯觀，面積一百四十多公頃，說遠不遠，就在台中的東邊，像一大片磐石坐鎮在高爾夫球場的上緣。

沉浸在退休憧憬中的我，自然就把他邀約的好意婉拒了。

不然這樣，等你看完了資料，說不定……。對方說。

我以為他們或許會寄來一堆龐雜的紙件，沒想到再來就沒有下文了。幾天後卻又來電，問我有沒有收到祕書處陸續傳給我的訊息。

這時我才知道，原來暫且平靜的那幾天，他們寄出的圖檔都在空中盤旋，一直無法降落在我的末代手機航道上。也就因為那一念間的羞愧作祟，為了避免和一支沒智慧的手機同樣令人生厭，我只好把電子信箱念給他了。

打開筆電後，果然滿眼都是山林野貌，繁複的圖檔多達五十幾頁，看了一半已經意興闌珊，正想要闔上電腦時，那一瞬間卻又把我愣住了，眼前的另一幅畫面是突然濃縮一萬倍的山林全景，形貌就像一隻大蝴蝶，豪放地開展著兩隻大翅膀，彷彿從螢幕中朝我飛過來。

若要回答那前輩之問：「原來你還在做啊？」大該就因為這隻蝴蝶。

好巧不巧，當時我寫到一半的殘篇，正是《誰在暗中眨眼睛》那本書的二十五篇之四，也就是命題為〈蝴蝶〉的短小說。只是這樣的巧合嗎？還有更戲劇化的，二十多年前我有個工地正對著大公園，每去那裡看到園中的湖面正在搭接一條怪異的廊道，我就開始發牢騷，懷疑那些人浪費了公帑，做出來的東西更談不上美感。大樓竣工那一天，我搭乘電梯登上樓頂，無意間望向公園，才發現原來那彎曲的長廊、那設計成兩彎的湖水，赫然就是一隻蝴蝶開展著雙翼，像在草地上棲息又像即將飛上天際。

那蝴蝶意象，那花彩的幻影，彷彿一直牽引著我走在現實的世界裡。

幾天後，我抱著姑且一探的好奇，終於第一次走進那座山裡。

沒多久，我額外地成為那個開發團隊的一員，從此再度岔開了退休寫作之路。緊接著，他們或許認為我太落伍，囑咐祕書處送來一支新手機，還替我設定了幾個群組，全都是有關開發一座人文山村的聯繫通路。

又過沒多久我就開始討厭這種手機了，獨自走在山中某條密徑時，它就會輕輕噹我一聲，旋即進入寂靜無聲的通話世界——請問……您到了嗎？會議就要開始了。繼續往下走會碰到一條野溪喔，還是改天再下去吧，請您還是先掉頭，上來時請記得往右轉，咖啡快要煮好了……。

信仰

他叫我盡量點菜。「我請客。」他說。

我們是在路邊的黑白切攤子上碰到的，小攤子簡陋低矮，連竹桌和竹凳子都一樣小半截，頗像古早年代那種度小月的麵攤。我埋頭看著密密麻麻的點菜單，一個人影從後面繞過來，歪著頭仔細把我瞧了很久，直到我不得不抬起臉來。

然後他開始寒暄，大哥你怎麼來這種地方，啊多年不見……。

四周好奇的眼光聞聲而來，可見他的嗓子多嘹亮，穿一件還沒換季的豔色短衫，敞著圓滾滾的酒紅粗脖子，兩隻眼睛鼓鼓地精神起來了。他領我走到幾張併起來的大桌旁，背後有人適時送來一個酒杯，接著他叫跑腿小弟重開一瓶酒，當下倒滿一杯給我，那股熱情就像滿杯的泡沫流瀉不停。

我喝了半杯後，他轉身介紹，全桌人站起來，「喂，你們聽清楚，王董是我的恩人，以前我跑業務的時候，他幫忙最多，我能有今天的成就，都是他一路栽培起來的。是不是這樣，大哥，你隨意，兄弟們敬你一杯。」

全桌沒有一個空杯，氣氛熱起來，我請他們坐下卻都站著，幸好他體貼到家，接過了我的杯子，咬起耳朵說著什麼，大意是說這邊的小卷大腸生魚片都很新鮮，「多少年了啊大哥……」說著掏出一張資產顧問公司的名片，這時我才知道他姓陳，卻還是覺得名字有點陌生。

我回到剛剛被他發現的隱密角落，妻已經勾好了菜單，她知道我挑食，等著我過目後才送到攤子上。我卻已經一點食欲都沒有，腦海裡只想著那人究竟是誰，那麼熱情的一張臉竟然被我淡忘了。

第一道菜送來時，沒想到他也跟來了，又捧著一杯酒，矜持地停在三步之外。我們桌上沒酒，他想要回頭拿杯子，被我攔下來。我說沒關係，你們盡情喝，不用客套。

他只好站著說話，「有沒有，董事長可能忘了，那次如果不是你這貴人手下留情，我那整批貨被退回去，第二天不就要回家吃自己了嗎？」

這時才想起來，原來他以前是做窗簾的。那年我有一批餘屋打算出清，臨時決定每戶加做簡單裝潢，朝西的客餐廳全都免費附送窗簾，尺寸都是他親自帶著徒弟來丈量，結果回去後他卻把型號弄錯了，成品送來時完全令人傻眼，綠豆色全都變成了灰藍底。這時怎麼辦，看他哭喪著臉，加上我又急著交屋，只好不和他計較，整批貨全都將就下來。

「您盡量點菜，我請。」他說。

看我無意請他坐下來繼續聊，才端著酒杯回去了。

妻問起他是誰，我覺得說來話長，只有默默嚼起一口菜。入夜已有秋涼，隔鄰卻是那種歡樂的喧譁，這時，我竟突然感覺到自己好像被他的熱情傷害了。那陣子恰恰就是九二一大地震後的復原期，很多建築同業不是倒閉就是失蹤了，有的公司一堆成屋全倒，有的本來沒事卻遭到銀行凍結融資，手腳快的幾乎都跑到了美西、加拿大避難不回來。

那時的市場氣氛，從事建築莫不就是愁慘不堪的行業。倖存者我，穿著灰撲撲的薄夾克，窩在一個僻靜角落吃著路邊攤，難免就有一種非常脆弱的不安，隱隱覺得那桌人彷彿正在背後議論著我，悄悄地傳遞著一種有點悲憫的同情……。

我很怕他三杯下肚後又繞過來，但也突然很想回敬一張名片給他，證明我的公司還在，根本不用懷疑我為什麼會來「這種地方」，因為我本來就很喜歡路邊攤的口味呀。

我後來還是忍下來了，靜靜地吃著那一餐，同時也給自己上了一課，慢慢想著他的熱情應該不容懷疑，就算那裡面摻雜著片面的誤解，基本上也是出自他的溫暖與善良。倘若這輩子他難得有這個機會來同情一個人，我又何必去破壞他此刻的這種信仰呢？

當然，既然他要請客，我就悄悄地把最後那盤鵝肉刪掉了。

果嶺

年輕時我和他打過球，那時他還沒有發跡，相處上一直有著相互勉勵的默契。兩個人都沒什麼錢，而高爾夫球在那時代是奢侈的運動，為了躋身上流人脈的通路，我們約好一起練球，每月一次在球場的大廳會合，開打時天還沒亮，兩人緊跟著桿弟的手電筒，來到第二洞準備發球時，球場邊坡上的灌木叢才逐漸泛出青翠的葉影，鳥叫聲則在遠處的樹林中悠悠傳來。

我們珍惜著每一顆球，揮桿時全神貫注，偶有一球飛出界樁時，一聲聲扼腕的嘆息莫不帶著心疼的尾音，聽了就知道那不只是自責，且有一種焦慮，很怕再琢磨下去還是走不進球場的迷宮，永遠抵達不了富人的彼岸。

幾年後他憑著漸趨俐落的身段，果真搭上建築景氣的列車，藉由人脈資金的挹注開始攻城掠地，當我還在摸索著路上的障礙時，他已搖身一變成為業界的聞人。我們的距離從此逐漸遙遠，我停留在單打獨鬥的小路上，聽到他的訊息都從別人口中傳來，不外就是如何翻滾財富，如何奢華度日，為了唱歌包下一間酒店，為了女人踏遍了整座歡場。此外還有更多流言，說他包工程行賄官員，說他再婚又離婚，五個同父異母的孩子遠走海外，留他一人坐困在冷清寬闊的豪宅……。

更多年後再聽見他時，是有關某廟建醮儀式的慶典活動，他虔誠向佛並且濟貧扶弱，也開始注重養生，每天晨起迎著曙光打坐，貼身護士早中晚各量他一次血壓。偶爾他會出席一桿進洞的俱樂部晚會，用來懷念某日黃昏他凌空一記兩百多碼的高爾夫球直接滾進果嶺洞中。

我和他最後一次的見面純屬偶遇，剛好是來到友人處品嘗著春天的茶席。他不太看我，眼裡只是飄過一種奇詭的笑意，已不再是我最熟悉的神情，我相信那不是冷酷的笑，而只是不想見到當年和他一起出發的人，何況是落在他後面很遠的人。那天的茶席，一巡過後，只見他的杯子還是滿滿的冷茶，問他何以不飲，答稱第一杯易有農藥殘留，第三杯的茶香多已去味，他平常專挑茶中極品，因此只喝最甘醇的第二杯。

那天的好茶毫無一點回味，反倒是他那種孤高使我們困擾，說起話來只有一字半句，那幽深的境界好比一個無言的高僧，財富堆築起來的高牆是那麼森嚴，以致我們這些茶友彷彿剛走到牆門口就看不見他了。

上個月他走了。

聽說和一桌老友吃飯，席間有人順便慶生，他正要舉杯祝人家生日快樂，脖子突然鬆軟下來，整個臉很快就癱趴在桌上。治喪期間我去拈香，門外的花圈排山倒海，從國外回來的家屬少得可憐，牆裡牆外的哭聲都是別人錄製的音樂。我在那裡站了最久，親眼看著他童顏鶴髮的身影立在香案前，很難相信這個人未曾和我好好敘舊已經走完了一生。

歲月不饒人，命運也不饒他。他的一生應該才要開始。我幾乎看得見那天清晨他蹲在水邊撿球的身影，那是第四洞，他的揮桿明顯偏移，小白球噗通一聲掉在水塘裡。球本身不貴，何況我們買來的都是別人用過的二手球，一般人通常都是掉了球就走，他卻堅持撈它回來，左手抓著膝蓋邊的草穗，右手握著長長的七號鐵桿，平靜的池水不僅被他攪亂了，旁邊的桿弟更急得猛跺腳，因為後面另一組人已經開球過來了，只得停在遠處等著他繼續撈。

曾經是那麼珍惜著每一顆球，那節儉可愛的動作如今我還牢記不忘，倘若他後來的人生也那麼執著就好了，我們本來約好要一起往上爬的，沒想到他獨自翻過了另一個山頭。

就像那顆球，本來鐵桿已快勾到它，可惜水波一晃盪，又漂走了。

低調

他說他很低調。

露面那天，指名找我，穿來一身英國名牌，那舒適而又挺拔的休閒服頗像剛剛閱兵歸來，他叫司機把車停在接待廣場的旗桿下，帥氣地跨出車門後，戴上了一副墨鏡走進來。

接待館還有其他客人，我領著他走進側院的一間密室裡，落地玻璃深垂著灰色的紗簾，只有一片固定窗看得到外面密植著的火鶴花。他慎重地摘下墨鏡，朝我露出微笑，臉頰兩邊的鬢毛短而乾淨，大概有意留到下巴卻還沒有長出來。

名片上印著六家公司，背面翻成英文，頭銜落在右上角，某某總裁。

幾天前他的祕書已經來過兩次，除了參觀樣品屋，深入了解各項細節，聽說還上網查過我，把我的各項履歷列印後交給他過目，才敲定了這次的行程。

他要的是十八樓，四戶全買，想要全部打通後連結外圍的陽台，問我能不能變出一條方形走道，方便他每天晚餐後可以繞著大房子行走。

我不想在外面散步的時候碰到熟人，他說。

那時的建築還不見景氣復甦。十多年前的市民廣場，誠品書店還沒進駐，整條綠園道不見一棵大樹成蔭，只有假日的孩子放著風箏在草地上追逐。我為了鎖定這個大戶，當下向他告退而暫回到另一個房間，臨時找來工程部進行溝通，結論是打通陽台雖不至於影響房屋結構，可惜的是，理想的採光通風設計會被奇怪的走道分割掉，打通後的格局難免就會出現很多個暗房。

我帶著藍圖回到那間密室找他時，他正在品嘗咖啡，糖和奶精丟到一旁，啜了半口皺起了眉頭，很快就擱下杯子不喝了。我叫來助理重泡一杯，看見他突然轉身對她面授機宜，大概那是頗為高深的咖啡學問，我只能漫應著賠罪，很想趕快和他切入房屋的話題。

他說：「你真不簡單，台灣第一個吧，做建築又當作家，佩服。」

「能力強的人講話都很大聲，沒想到你靜得下來寫作。」

「我做外銷雖然很賺錢，但是像我這樣低調的人其實也不多。」

他說他非常孤單。老婆每天都有貴婦團的活動，兩個女兒還在念哈佛，他每天光是吃頓飯就很困擾，「因為比較低調嘛，不喜歡隨便拋頭露面，上餐廳都嘛先讓司機進去看看有沒有熟人，你知道的，吃飯還要應酬多麻煩，我寧可找別家隨便吃一餐。」

他說，有時候，心血來潮的時候，壓力很大的時候，只好帶著烹飪師傅一起去大雪山，反正想吃什麼都做得出來，至少有人陪我對著星星喝酒聊天。「我那裡的山景簡直可以拍電影，一般企業家的別墅都不夠格，海拔最好要有八百公尺，從客廳看出去剛好可以對著山嵐。」

四十分鐘的山中驚奇還沒說完，「說得出名號的政治人物都去過了，那裡才是人住的地方，你可以感覺到一座山和你睡在一起。」

時間接近黃昏，我暗示助理奉上一份空白訂單。這時他抬起昂貴的機械錶瞧了一眼，勞力士的最新款，四周一圈鑽石光，頗像他一臉燦亮的謙虛的驕傲，「沒想到說了那麼多，我一定和你特別投緣，這樣吧，我回去算一下，我們再約個時間來敲定價錢。」

五天後打電話試探他，他說正好有個飯局輪到他作東，「這樣好了，今晚你也一起來，多認識一些人脈嘛，說不定房子很快就能賣完。」

我依約去到了那家餐廳，門面是一棟法式宅邸，沒有招牌，四周圍著白色高牆，兩株老桂花起碼五十年的風光。房間裡的邊櫃已經開了兩瓶白酒，大圓桌幾近滿座，男客卻只有六位，一個個摟抱著身旁的香肩花枝亂顫。

原來這天晚上有人慶生，模特兒公司都來坐枱了。他站起來和我握手，叫經紀人挪出位子，然後悄聲告訴我，這種低調時代，上酒店過時啦。

第一道菜上來了，盤子比臉還大，兩片燻鮭魚低調地蜷縮在生菜裡。

強盜多襄丸

台北悠遊卡，日本AV女優，陰錯陽差的波卡事件鬧完後，大眾捷運照走，波多野結衣小姐依然還在日本穿衣和脫衣。時間過得真快，那把小火一瞬間燒成的烈燄，後來已經撲滅，現在很少有人再提起那件事了，我們這個美麗社會從此又開始過著乾乾淨淨的日子。

可是，波多野結衣——我還是要誇讚這個名字有多美，神祕之餘還有輕蕩蕩的浪漫，浪漫之餘還有一種想像的柔軟，偏偏又是「做那種的」，難免會使人突然結巴而又想入非非。一個女人脫了衣服就鬧得滿城風雨，可見這社會的道德防線是既強悍又令人慌。你聽過波多野結衣嗎？十個台北人，八個說他沒聽過，一個猛搖頭，最後一個羞羞地笑著，抓著下班的公事包一溜煙不見了。

男人的世界嘛，也只有男人最懂，他連在自己的夢裡都守口如瓶，休想從他神魂顛倒的祕密中占到什麼便宜。女人呢，當然還是把發卡單位恨得牙癢癢，物化女性嘛，自己家沒小孩嗎？

日本作家芥川龍之介，有一篇著名的小說〈竹藪中〉。故事敘述一個武士帶著妻子騎馬走在山科街道上，不久後卻被發現陳屍在竹林中，唯獨他的妻子不見了蹤影。檢警前後找來七個人證進行訊問，每人的說詞各有不同，使得本來簡單的案情越查越是撲朔迷離。

其中唯一自承殺人的，就是常在附近出沒的強盜多襄丸。

多襄丸一眼看上武士的妻子，決定把她搶過來。他把武士騙進竹林，趁隙綑綁在一棵杉樹下，武士的妻子雖然拿出刀子激烈抵抗，最後還是被他強暴了。多襄丸得逞後本來不想殺掉武士，沒想到那女人瘋狂地抓住他的胳臂，斷斷續續地哀求著，「不是你死，就是讓我丈夫死，你們兩人之中必須有一個人死，不然叫我在兩個男人面前出醜，比叫我去死還痛苦啊。」

於是多襄丸就把她的男人殺了。

多襄丸至少還是個漢子，除了堅稱自己就是凶手，還罵起了官府，「要殺那男人很簡單，不像你們想像的那麼費事，……我要殺人都用腰間大刀，你們殺人時不用大刀的吧，你們用權力去殺，用金錢去殺，甚或只是用一句假公濟私的命令……。」

其他人的證詞既然各有出入，整個案子就更難定罪了。

波卡事件並沒有那麼複雜，幾個笨蛋惹出來的風波，其實沒必要讓整個社會一起蒙進霧裡。連封面主角波多野結衣也跳出來了，人在日本，透過管道傾訴著她滿腹的委屈，大意是說，只因為我是AV女優，就不能參與慈善活動貢獻社會嗎？難道不能對我所愛的台灣付出行動來感恩嗎？

波多野結衣一定沒有讀過〈竹藪中〉。

檢警後來也把武士的妻子找來了，她是這麼招供的，「那個穿藍色便服的男人把我凌辱了之後，……就在這時，我察覺到丈夫的眼裡，流露著一種難以形容的光焰，……那眼光閃耀的不是憤怒，也不是悲哀，而是輕蔑的、冷淡的眼神。」

於是，後來，真是羅生門，她自己也跳出來承認了，就因為她所愛的人眼神裡的那一抹輕侮，她只好用身上的小刀把自己的丈夫刺死。強盜污辱她的身體還算小事，自己的丈夫卻是污辱了她的靈魂，這個女人以後還能活下去嗎？

波多野結衣活在那麼多的污辱中，沒有超凡的靈魂是活不下去的。

在滿口道德的社會裡，我覺得啦，什麼事都推給多襄丸就好了。

歸來

手感

寫作如果是深及內在的活動，有如進行心靈深處的探索，那麼，我所迷戀的釣魚其實也是，靠一條細線就能探索水底的世界，哪怕深不可測，傳來掌心的音訊卻像霧中一抹微笑那樣魅人。

惠蓀林場後方的北港溪，賞楓聖地東麓的萬大北溪，德基水庫沿線的狹長水域，或屬於大甲溪支流的天冷釣場，還有最遠的丹大林道、差一點讓我墜入萬丈崖谷的陳有蘭溪……，每一處的探險我都去過，好比一種狂熱的朝聖，但也更像一個旅人的千里獨行。

我最愛的還是那些隨著海拔起伏，偶有落瀑穿山而出的森林野溪，那種祕境未經多人踩踏，隨時呈現著水鏡般的清澈與原始。我不僅常去涉獵，還曾為了追蹤野溪的流向，迷失在一直走不出去的樹林裡，整條溪水被不知名的雜木林覆蓋，繞一個彎卻又忽然裸裎在開闊的谷地上。

躲在落瀑下方的岩洞裡垂釣，前後耗去了多年的時光。

釣竿十八尺，採用重鉛式的沉底釣法，土司當餌，麵粉遇水膨脹漂流，像放風箏那樣被一顆鉛錘定位在底層的沙礫中。喜歡逆流衝刺的大型苦花，每一尾好像都認得我，牠們透過水面的滾浪波光，似乎看得見一個男子遠離人群，一來就是整個下午黃昏，不說一句話，連一聲咳嗽都很輕微，帆布背心的暗袋裡藏著一把脫鉤器，等著撐開牠們的喉嚨然後放游在竹簍中。

一直到慢慢發現牠們不再理睬，我只好沿著蜿蜒水域退守到平緩的山鄉，那裡的瀨區和淺灘頗多溪哥、闊嘴郎之類的雜魚，卻也有可愛的小石斑藏匿其中，喜歡躲在激流下的岩石後方，隨時環伺著上游漂來的藻類和昆蟲。

孤獨的獵者，一個人專程來，帶著背包裡的簡便午餐。

那時大地震還沒來破壞生態，溪床兩岸常有峭壁孤松，野雁老鷹四處穿飛起落，唧唧叫的翠鳥時來時往，白鷺鷥則是一副嫻靜淡泊，兩隻長腳隨時準備騰起，一個箭步叼起小魚便轉身飛走。

我備好了釣組，拋竿沉入水底，再把那條看不見的細線輕輕繃緊到竿尖，水底的動靜立即傳來掌心，這時的右肘略微抬舉，懸空的手掌便如同一個小型接收器仰望著天空。

我開始傾聽魚類的聲音。

亂瀨裡的小石斑，體型不大，拉力卻是溪中之王，就餌時通常都是非常迅快的觸擊，傳到手心是一聲哆、哆哆、哆哆哆的短促音。急瀨下的苦花則異於常魚，牠既想要抗拒美食的誘惑，卻又耐不住高山峻谷的冷冽孤絕，頗像個隱士不斷地徘徊餌邊，一直困頓在飢餓的殘念裡。但牠一旦發現食物即將漂走，最後還是會鼓起勇氣一搏，吃餌的動作簡直不顧是否還有來世，毫不戀棧這一股美味是否應該慢慢品嘗，一瞬間就大口吞下，那聲音很像一塊蘿蔔乾突然塞入喉嚨，音節簡單低沉，一聽就知道深及食道，再也無法輕易脫逃。

有人問我封筆的歲月所司何事，一律答稱釣魚。

其實最常面臨的還是釣無可釣的空靜時刻，當魚訊平靜無波，一次又一次的等待落空，唯一得到的莫不就是安靜過後的那種死寂。所有的鳥雀飛盡，天空不再藍或白，整條溪水無色也無聲，僅有的意識只好貫注在水底的沙礫中，彷彿看得見魚群來到餌邊竊竊私語，有的輕啄兩下又瞬間溜走，有的故布疑陣和我來回戲耍，尾鰭不斷捲起迴盪的水花，待我緊急收竿時才知道又是空忙一場。

然而我還是像個苦行僧繼續走向荒野，憑著一條細線深入森林谷地，四處尋覓寂靜的隱密之林，那人煙罕至的地帶總有一彎水澤，像小時候曾經失去的夢，我隨著流淌的綠光慢慢找到安靜的自己，直到收竿折返，爬到某個荒村小站等車回家。

雨夜

美術園道上的週末夜，偶爾看得到街頭藝人表演，他們自備發電機和整套音響，簡單的一盞燈只能照拂半個小廣場，於是階梯看台便有一半幾乎隱在暗影裡，幸好從這裡路過的人會駐足下來期待，多少還能把一個不起眼的演唱撐到終場。

我和妻飯後常去那裡散步，卻很少駐足，偶爾聽到老歌隱約傳來時，才會循著那懷念的歌音走過去聆聽。上個月聽到久違的〈誓言〉，那人瘦瘦高高的小中年，磁性的聲音低盪輕迴，一開口彷彿就穿越了歲月的滄桑。

他很懂得現場氣氛的互動，說自己忘了戴錶，問台前的觀眾現在大約幾點鐘。喔，八點半了呀，那八點四十五分的時候可以再提醒我嗎，因為場地只租到九點……。

接著也是老歌，惆悵又淒酸的〈掌聲響起〉。

氣氛真好，拿捏得恰到好處，掌聲果然紛紛響起，這時有個婦人果然提醒他了，四十五分了耶。啊，相聚的時間過得好快，他說，不然這樣，母親節就快到了，我先祝福大家母親節快樂，因為我自己沒有母親，所以請容許我來唱一首〈母親您在何方〉。

妻掏了錢捏在手裡，有點害臊，我知道她愁著那小費箱暴露在多人面前。正在猶豫間，不料突然下起雨來。只不過就是晚春的微雨，飄進光圈裡卻像瀟瀟的水簾一直降下，這時他卻還在找譜呢，觀眾已經一個個躲開了，小廣場瞬間只剩他一人，他身邊那盞燈後來也跟著黯然熄滅了。

人生難以逆料，大概就像這種不完美的收場，上天如果暫且忍住這小小的戲謔，最後的十分鐘多少能給他些許安慰，起碼那小費箱紅色的貼紙還在迎著風，像個微翹的唇角那樣愉悅地雀躍著。

我以為差不多就是這麼收攤了，沒想到還有個零星畫面。我突然看見他父親了，滿頭白髮鑽出了小貨車的後座，撐著一把黑傘，遲緩地蹲到地上收捲著電線，慢慢捲到空淨的台子這邊時，兒子也把燈管、譜架收拾妥當了，他高瘦的肩膀往下一靠，恰恰好探進了父親這一把黑色的傘裡。

這把傘，多麼神祕的溫暖，像一齣默劇沒有任何對白。

我想起了一部電影，《迴光奏鳴曲》。重傷住院的男主角也沒有台詞，他每天裹著眼罩紗布躺在病床上呻吟，只等著對面一個看顧婆婆的陌生女人來，她會偷偷替他擦汗，奇妙而溫暖地撫平了他內心深處某種沉痛的傷。陳湘琪主演這個卑微的角色，她一直找不到做台商的丈夫，唯一的出路竟然就在這間病房裡，只要拿起毛巾輕輕一抹，對方年輕的病體彷彿立刻得到了救贖，全身的疼痛與顫慄一瞬間就會靜止下來。

電影的尾聲，男主角嚎啕痛哭，那種聲腔淒厲絕望，只因為期待中的陌生女人遲遲還沒有現身。陳湘琪這時人在哪裡呢？她含著微笑就要出發了呢，可惜家裡的門鎖壞掉了，她只好開始撞門，撞不開又重來，撞得肝腸寸斷，這一幕畫面停滯很久，兩個不同場域的哭聲彷彿交錯回響，這邊的女人走不出去，那邊的男人一直哭著外人毫不知情的辛酸。

或許就是那種苦澀的共鳴，才使我站在躲雨的樹下不忍離開，我一直看著他們那台小貨車為了鑽出被塞滿了的停車格，不停地前進、後退著，彷彿困在無聲的雨夜裡。

很多人好奇我的小說總是戛然切斷，說的大約就是這種無言的憂傷，其實我不是故意的，我看重的事物往往就是這麼微小——就像那台小貨車，迷濛的尾燈後來在轉彎處閃了幾下，總算消失在看不見的地方。

兩個人的寫作

有時候那種感覺會像波浪般襲來。

來的時候無色無聲，只覺萬物深沉，雲不移動，鳥不飛翔，所有的物景停滯在空的畫面裡，似乎只要一縷薄霧就能將它籠罩，然後一個看不見的鬼這時就會悄悄掩至腳邊，從耳朵眼睛呼吸器官爬進我的體內蟄伏下來。

那是一個黑影，與你一起出門、回家、睡覺和起床，陽光初露時它才會現身，然後給你愈來愈粗暴的暗示，譬如看到光反而覺得更暗，想要打開窗簾不敢打開。而且它開始隨身緊纏，使你再也不想看見自己，生怕鏡子裡出現的都是寂寞的幻影。

那時終於有了警覺，會不會就是所謂憂鬱症來襲……。

去一個認識不久的醫生那裡，想從他的專業領域中確認那是什麼。通常我們被病痛挾持或被一種可疑的怪物影響作息，最想做的當然就是壓制它，但如果憂鬱只是一種感覺，如何說出它的形體或切開皮肉把它隔離出來？醫生幫我量完心跳血壓，開始詢問一些私己之事：最近有什麼壓力嗎？平常都做些什麼消遣？回想一些快樂的事也可以轉換心情的啊。

最快樂的事其實都做過了，可是最快樂的也最膚淺。診間沒什麼患者，我就慢慢告訴他了。三十歲開創了事業，五年後我的座車是當時最紅的5000型凱迪拉克，要上高速公路就開最拉風的6字頭BMW紅色跑車，也經常像個富豪那樣駕著笨重的賓士S500慢慢滑入黃昏的街道。

所謂的快樂，那時最快樂了，錢好像都從雲霄飛車上掉下來，快樂得有些錯愕，才警覺到自己根本配不上，卻又害怕那種快樂突然一瞬間溜掉了。

那時也常應酬，不到三杯就滿臉通紅，晚歸時妻子守在門邊，然後暱在懷裡又親又摟，頗讓我以為一個男人凱旋歸來大概就是這樣的款待。那是整張臉埋到領子裡的探險，就算新婚蜜月也不見得那麼的溫柔體貼，幾年後我回想起來才明白，原來一個女人的嗅覺是那樣埋藏起來的，為了察覺丈夫身上是否帶著女人的異香，才把她整個晚上的不安投靠在忐忑的懷抱裡。

我從那條快樂之路掉頭回來，花掉了十年的時光。

然後有一天，家人聚在一桌的燭光下用餐，兩個逐漸長大的孩子突然要我說說往事，他們好奇平常我都沒有說過童年的家鄉。喔，那麼想聽啊，那我就要說啦。我總算談起了鹿港，然而只不過剛說到龍山寺旁邊的那條菜園路，喉嚨突然就卡住了，一時無法繼續前進，卻也不想如此氣餒，只好不知所措地停在那裡，且在他們眼睜睜的訝異聲中流下淚來。

那些記憶中一直想要湮滅的陰影原來都還在，回頭才知道逃也別想逃；因此，藉著那天晚上在孩子面前的獨白，總算讓我看見了我自己——那開著名車揚長而去的瘋狂，莫不就是對著窮困的記憶進行反撲，才會在根本不屬於自己的道路上炫耀般地馳騁起來。

醫生說，哪來的憂鬱症，不會吧，你倒是有一種很沉重的憂鬱性格。

雖然經過了診斷，難免還是有一種濃濃的焦慮不斷襲來，來的時候沒有跡象，像個安靜的影子來到窗邊，凝視，徘徊，久久不語然後悄悄離去。我後來慢慢摸索，才發覺那個影子也許就是我自己，他回來眷顧現在的我，想要和我說話，一時找不到共同的腔音，只好默默地在我周遭盤桓起來。

那些難眠的夜晚，我開始回復寫作。

剛開始只想安頓情緒，試著找回十七歲的文學心靈，沒想到落筆之後，每個句子瞬間成形，整段文字彷如依循著他的意志娓娓道來。我的筆墨借他揮灑，於是他開始大量說話，恰似兩人一起寫作，使用共同的筆觸，不容一字風花雪月，彷彿重寫著一個完整的生命，乃至夜深時刻一直無法關燈。

四年前開始，過著現在這樣的日子。

黃昏寫作

商場酬酢的場合，最怕遇到一種熟人，熱情地指著我介紹時，特別會用一種悄悄話的語氣告訴對方，「而且他還是作家喔。」

一棵鐵樹突然開了桃花，大約都會引來幾秒鐘的驚豔，也就這樣而已。對方不見得關心這桃花多麼難得，是醞釀多久才開了這樣的花，而是流露著客氣的錯愕與茫然，那個樣子很有異國他鄉的陌生感，好像是我自己走錯了地方。

你第一次約了初戀情人，當然不願意閒雜人在場，妹妹跟著來已經煞了風景，何況來的又是她爸爸。獨自擁有是多麼重要，最愛的人每天拋頭露面，遲早都有離你而去的風險。文學的偏愛或許也是這樣，把它視為自己的信仰就好，你把它當成福音拿來傳頌，隨便傳給異教徒反而馬上變了調。

夠明白了，我最討厭有人在喝酒吃肉的陌生場合說我是個作家。

同樣，偶然參加了藝文性的聚會，有人好意介紹我來自建築業時，自己不免就會莫名地緊繃起來，很快就生出那種「生意人幹麼插進來」的擔憂。好歹我從十七歲就開始寫作了，就算曾經長時間停筆，至少還把文學看作私人的珍藏，可不是閒來無事才臨時跑進來塗鴉一番。

為什麼會有這些奇怪的疑慮，大抵是因為現實上的建商和作家角色太過衝突，兩種情境放在一起，好比火車撞進了寧靜的港灣。不然以前我還有個意外的頭銜呢，叫法院書記官，穿著黑色法袍坐在地檢處的偵查庭上，那時還沒流行電腦，每次的筆錄都是當庭親手親筆，台下雙方叫陣如同沙塵漫天，時間不容我一字一句細膩描述，只好盡求筆下潦草飛快，文字再怎麼洗練也寫不出那些多餘的吶喊。

就我所學，無論商賈、作家或者書記官，三種面相各分其殊，意義上不兜不合，實則也不曾看過有人這樣集於一身。我也是直到最近幾年才真正靜下心來，通常都是每天五點前後的下午，試著拋開種種無謂的繁瑣，打開車門馬上進入回程，彷彿要從砲聲隆隆的戰場回到平靜的後方。

這時的黃昏還有日落前的微光，白天快要過完，夜晚還沒來，窗下暫且不用開燈，於是桌上似乎額外多出了半個時辰，很像我們小時候吃完便當留下來的滷蛋，捨不得的東西最有滋味，這即將消逝的暮光彷彿就有那種餘香。

我所住的頂樓外牆往內退縮，自然形成一個有梁無牆的開口，地面植草，角落仿造一方埤塘，池水經由暗管變成流泉，每天便有一隻兩隻鴿子循聲飛來，牠把兩腳勾在欄杆上，站穩之後才慢慢轉出灰岩色的側翼，然後用牠斜睨的眼睛瞧著書房裡的光影。

我一直都在這裡寫作。

有時寫到一半牠才飛來，微咳的聲音使牠有些疑懼，這時牠的兩隻腳會顛撲幾下，猶豫著要不要逃，眼尾用力對我眨著，然後硬撐著看來有點疲累的餘光。日久之後，我走進來時會先停在門縫看牠，如果牠已先到，只好輪到我躊躇起來，不免就會躡起腳尖，盡量萎縮自己的身影，讓牠以為這個人只進來拿本書就走，沒有多餘的時間和牠玩。

那隻鴿子應該是同一人，剛轉世不久，說不定就是我的前生，正在池子裡喝著水呢，翅膀輕快地拍了幾下，好像準備陪我熬夜，度過黃昏之後的這一天。

最想見的人

有時我渴望見到你，徬徨的時刻，你會替我寫字，專注而優雅，且又那麼安靜，像一隻船停泊在深夜的岸邊。你替我寫出孤單的童年，勇敢又悲傷；你替我描述少年時代的憧憬，陪我走過苦澀的暗路，跌倒的時刻教我領會孤獨的意涵。你帶我走到三十歲的路口，跨過最後一道護欄，那裡人海蒼茫，而你決定從此和我分手，要我自己站在更多人前，不害羞也不畏怯，像你轉身離開時那麼的堅決。

以致後來從商的那段歲月，當有人認出我曾經是個作家時，那一刻我多麼渴望見到你，是你降臨一切，替我揮灑文學的時空，讓我的木訥羞澀或者天分得以安心隱藏。你替我排除俗世的眼光，使我不同於平凡；你暗中遙控我的形體，使我不驕奢也不躁進，不虛榮造作或淪為一個俗不可耐的商賈。你暗中替我生氣和嘆息，隨時容納著我的挫折與憂傷，當我躊躇在一條貪婪的岔路時，你的身影會悠然出現並且走在前面，使我不敢隨便轉彎，我尾隨在一個隱形的標竿後面獨行，果然一點都不害怕，兩旁的情境都是別人看不見的風景。

如今初老之後，你終於實現了回來看我的願望。

當我還沒入睡，你已離開了我的身體，走到房間外的房間開燈，不管多晚仍然泡一壺茶，然後開始寫字，寫不出來就當作停筆太久之後的沉思。你持續替我寫了四年，頭髮明顯灰白，難免就會對我抱怨，怪我虛度的時光太過漫長，但你還是願意陪我一起趕路，把那些我所失去的或者還沒找到的，透過安靜的文字慢慢把它們找回來。

因此你也教我理解正在進行中的一篇小說。你展開別人的故事，帶我走進一棟公寓的四樓，男主人有點悲傷，做妻子的還沒回來。小說應該這麼寫，你說，我們現在應該耐心等待，不能隨便發出聲音，她推門進來的時候會躡著腳尖，不要驚擾她，讓她直接溜進浴室，出軌回來最要緊的就是卸妝。我們讓她有些緊張，讓她急著刷牙漱口，讓那些偷歡的餘味含在嘴裡，然後仰起喉嚨，小小聲咕嚕咕嚕響。這時她當然還沒有察覺，那壓抑的歡愉根本無法隱藏，它透過浴室的管路傳到了隔牆的房間。而她的丈夫就躺在那片牆角下，聽見了，了解了，知道已經失去了。這時怎麼辦？你說，不如我們讓他悄悄流下淚水，兩隻眼睛不敢睜開……。

細節要慢慢寫，小說才有餘味。

好殘忍，我說。

幾個月後我會讓他搬出去。

然後她會怎樣？

讓她在別人的懷抱中感到非常孤單。

聽起來只是一篇很普通的小說。

故事才剛開始，有個戴美樂小姐正在走進來。

這樣的小說要表現什麼？

失去的東西會以另一種形貌出現。

到底是什麼？

人的救贖，就像我也為你寫作一樣。

……

但有時候，我卻又非常疑惑為什麼一定要見你。你曾經教我善良，卻也使我軟弱，我在分秒競爭的商場中不夠狠，只能像個溫柔卻不起眼的老手。我經常輕易退讓，贏的時候甚至想要停下來，以免後面的失敗者越來越多。有時我非常迷惘，想不通為什麼文學和商業同時在我身上穿梭，到底我應該成就你，或只要顧慮到我自己。有時我想要專注，盡我所能背棄你的文學，也不想知道什麼是救贖，可是人生卻有那麼多突然感到荒涼的時刻，這時我只好又盼望著你趕快出現，從我的體內走出來，安安靜靜坐下來寫字，彷彿那一瞬間我才看得見自己的完整，以為終於可以做個值得尊敬的人。

因此，我當然關心，你那篇小說會成功嗎？

還不行，你說，這個男人還在奮戰中……。

書房

有人要來拍攝我的書房，說是很多讀者十分好奇我的隱居，想要直搗寫作基地，從靜態報導中捕捉一些神祕氣息。她說這樣很自然呀，你不想說話也可以，就當作我們是在採訪一個房間嘛，你坐在旁邊就好了。

我持著話筒連聲致歉，一邊看著她要來採訪的這個房間，這下反而清醒過來。由於特別珍惜著能夠從容寫作的機緣，眼前的書房隨時保持窗明几淨，雖有些寬敞卻不溫暖，其實真的很像只供拍照的地方，看不出這幾年我都在這裡熬夜，也好像聞不到每晚和文字纏鬥後該有的幾分頹喪或蕭索感。

說白一點，我的書房只是做做樣子，反而很少坐在裡面讀書，為了寫作才走進去時，頗像個生手剛剛下海，撩起褲管泡著沙灘水罷了，碰到文字浪潮忽焉襲來無法撤退，才會認真抱著書桌浮沉它一整夜。

書房如果凌亂些，才像徹夜未眠吧，經過文字的患難而留下了滄桑。

一九八九年，作家陳芳明以思想犯身分回台後，懷著朝聖的心情去拜訪前輩葉石濤。此前他對葉老的粗淺印象，只停留在一張持著香煙回眸的黑白照片裡，以為那是十分優雅的作家空間，「看到他簡陋的書房時，我有一種刀割的痛楚，原來他文字所說的天譴，並不只是精神層面而已。……他是坐在如此窄仄的書房，上天賜給他書寫文學史的能力，卻又嘲弄地賜給他一個無法迴旋的空間。我平靜地坐在他對面的木椅，內心卻暗暗湧起欲淚的衝動，我不免要詛咒上天，詛咒歷史，詛咒政治，這世間還有一點公理嗎？」

反過來看我老友林文義的書房，一樣也是個令人驚奇的壓縮之地，藏書滿溢到窗口，還讓幾架他最愛的模型飛機悠然入境，天真的心靈一時塞不進那一張長桌，只好讓它倚靠在房門延伸出去的陽台上。寫作時他的右手邊就是熱水器，總要等到洗澡顛峰過後，他這張三更半夜的長書桌才能安靜下來。長期以來，林文義浸淫寫作就靠這一桌，探囊取物皆小品，但真要磅礡起來也能寫出《遺事八帖》那種大散文的典範。

還有個更久遠的書房小故事，它來自一個小小的鉛筆盒。一九五〇年，柯青華小朋友不小心打翻了鉛筆盒掉在地上，「說時遲那時快，母親已經從床上跳起來，……一罐不知什麼乳液的瓶子往我身上丟，接著劈頭一頓狠打，我痛著往外逃，母親繼續追出來，嘴裡大聲喊著：『小赤佬，你跑，你跑，你跑出去就不要回來……。』」鄰人聞聲出來張望，這時他母親更加生氣，拾起地上的木屐、磚塊準準丟過去追殺，「我一看情勢不好，一面哭著一面繼續狂奔，從巷弄直跑到寧波西街，穿過牯嶺街……。」

十三歲的男孩，那種孤單無助的逃逸，想必就是後來墜入文學旅程的探路與首航。他一路跑呀跑，跑到了南昌街，茫然越過不知去路的臨界點，這時天黑啦，圍著竹籬笆的明星戲院也散場了。人生或許就是那般奧妙，一部舊電影剛下片，彷彿就是另一部新電影的初登場——柯青華小朋友在那街口上到底觸通了什麼，沒有人知道，倒是十年後，二十年後，他從那條寂寞之路慢慢跑過來了，乃至一路越過了四十年來依然不墜的爾雅歲月，成了如今的作家兼出版家。他就是隱地，隱地坐在他的爾雅書房裡，是那麼戲劇性，也那麼自然生動而逼真。

書房的故事，聽來是有些沙啞的啊，卻一聲聲都是來自苦澀歲月的喉嚨。文學莫不就是這樣跋涉過來的，它總有一個寂寞的發聲管道，那種孤獨的精靈要是萬中取一選中你，那就別想脫逃，活該你就是文學的代言人，注定要在別人體會不到的深意中飄泊，哪怕一間書房如葉老那般的困窘，或像我的書房只是虛置著一個過去的夢的樣子，其實只要寫得出文字就能得到心靈的安頓，既能安頓著自己，最後也能共鳴著所有的知音。

25

我的陳列

那年還有飛機從台中直抵花蓮，深秋的下午接近黃昏，我站在陌生的機場外等著林文義從台北來，我們約好一起參加這天晚上的政見會，沒有他帶路不行，陳列和我沒見過面，何況他正在忙著一場聽說沒多少勝算的選舉。

那天晚上我和陳列說了什麼，已經忘了，不外就是簡單的問候以及微笑點頭，只記得會場四周一直吹來海濱城市的風，我默默嚼著臨時買到的檳榔，很多麥克風的喧囂從耳邊穿過，沒有任何一個句子完整地沉澱下來。

又隔很多年，才有第二次的見面。或者直到現在，幾次的聚會中逐漸和他熟稔，我卻仍停留在《地上歲月》那本散文深刻烙下的記憶裡，並不因為後來多喝一杯酒而調整幾分了解，也沒有因為深談而改變過陳列最初給我的印象。

他說話的語氣總是慢慢來，像他的文字那樣純樸，也可說有一點鄉土，不特別吸引你的注意，但你會想要聆聽，想要知道他應該有點不一樣，譬如白色恐怖在他身上殘留幾分人性的疑忌和疏離，或者蒙難歸來後多少也有某些盤桓不去的陰影，或者總有那種被理想主義的烈燄焚身過後的失落，甚或我們也願意容許他稍稍地放縱，偶爾釋出一些膚淺的倨傲和張揚……。

很難相信一個不到三十歲就被關進冤獄裡的人，出來後沒有兩樣。

我曾經試著尋找不一樣的陳列，最後只在那篇〈我的太魯閣〉裡看到了難得開懷起來的身影，「我和年齡相若的同伴們溯著立霧溪的一些支流而上，在磊磊的巨石間攀爬跳躍，穿過寒冷嘩叫的水瀑，我們哆嗦著身體，也大聲地嘩叫著，然後我們有時就停下，躺在水中平板的大石上……。」

畢竟那只是青春回憶，再來我就看不到更快樂的陳列了。

一直到《躊躇之歌》問世，我直接跳讀第二章的〈藏身〉，才真正進入他出獄後不為人知的孤獨旅程。街頭上他已經忘記如何拿起話筒、投幣和撥號的順序了。他站在朋友的公寓樓下不知道怎麼按門鈴。他走進一家咖啡廳卻又走出來，「我感到莫名的微微恐慌。我在店外徘徊，全身越來越要漸漸顫抖起來似的。我轉而去對街等候。後來我才看到朋友從店內走出，對著我大力揮手。」

多麼生澀的陳列，包括動作、思維和那個當下的文字彆扭。啊，沒錯，那時即使已經恢復自由，他卻還得藏身，逃離鄉村鄰人的疑懼之眼，避開任何一種可能跟蹤監看的陰霾，在一個疏離社會的聲光幻影中躊躇、困惑、渴望和探索。

然後，許多年後，陳列站上了那天晚上的舞台。

我還記得那是一九九四年。從他後來短暫的從政之路回頭看，果然那也是一場躊躇的旅程，每一步路多麼辛酸，明明不那麼擅長搖旗吶喊，民意的洪流卻席捲到他身上，要他抓著一支微弱的麥克風大聲說話。

我還是懷念陳列生命中那股特有的樸實和真摯，就我所學，自然書寫若是他的強項，山林水澤便是他唯一可以暢懷奔放的地方。只有那裡，陳列才是節奏磅礴的演說家。陳列的文字看似純樸，每行字句卻像暗湧在地底下的伏流，初聽只有涓滴之聲，隨而潺潺滲出石縫，終至漫淹成水，最後一瞬間突然捲起波浪。他喜歡使用逗點，逗點之後還有逗點，一個段落尚未結束前，另一個畫面又延伸而來，像是兩條河流不同的伴奏，直到難得出現句號時才聽出它們同屬一首磅礴的樂章。

我知道那是什麼。那是被禁錮四年八個月之後的喉嚨，難得終於找到聲音的出口，一時有些瘖啞，恍惚間開始慢慢試音，終至可以為你娓娓道來，像一個人道主義者坐在孤靜的爐邊，說著那些令人淚如雨下的過去，以及他和這塊土地對話的聲音。

隱地之人

作家兼出版人的隱地，曾經為文提起一本書的邂逅，說他有一次寫錯了收件人地址，把送給同學的書寄到作家隱匿那裡，不得不把書要回來時，卻意外收到隨書附贈的一本詩集，乍讀之後從此迷上隱匿這位詩人的才情。

時隔兩個月，黃昏下班回來，我竟然也碰到了類似的意外。水藍色的膠繩綁著四件小包，最上面的收件人自然是我，狠狠讓我以為四個友人同時寄來了寶物。膠繩拆開後，才發現第二件是寄給有河書店，第三件寄給住在養生村裡的齊邦媛教授，第四件則是遠至政大書城所在的花蓮。

郵封上的字跡，一看就是隱地先生的親筆。

電話聯絡上他，直呼不可思議：有河書店就是隱匿嘛，怎麼又是她呢？

他抱怨那個郵差太過隨便，卻更訝異兩次的郵誤竟然集中同一人，於是順便談起了另一個朋友的趣聞，說別人的車子停在路邊都沒事，那個朋友的車偏偏都會遭殃，路邊停得規規矩矩，時不時就會被撞得沒頭沒尾。

其實去年夏天，我自己也被他撞到了。

那時我剛寫完幾個短篇，隱地先生突然寫了信來，地址當然是打聽來的，信裡說的不是出版，而是談起我的某篇小說的讀後感。兩人不曾相識，這種事只能說是文學的機緣，結果從那天開始我們竟然成為筆友直到現在。

深冬以後，生平第一個長篇小說寫到中途，他建議我去逛逛超市，找一種罐頭來吃，「極小盒，扁扁，四方長形，封面紅紅綠綠色，如果買不到，你可以試撥電話 2711-55XX 問問進口商……。」

他說的是一種法式橄欖油辣味沙丁魚，用來夾麵包當早餐，「吃起來有一種幸福感，你也能在熬夜寫作之餘補補身體……。」我後來找不到那紅紅綠綠的包裝，只好隨手買了類似的罐頭相呼應，坦白說那是我第一次嘗到沙丁魚，辣得那天晚上漲紅了眼睛。

我很少記述這種溫馨小事，難得專注起來的時間都用在寫小說。

小說的虛構反而讓我覺得萬物更加真實，我既可隱於大地又能遨遊其中，藉著別人的嘴巴說我自己的話，頗適合我這孤執的人躲起來竊竊私語，又能適度表達一種對於人性困境的同情，不像寫散文常要暴露私己之事，顧著求其真，難免就要素顏相見；這還算好，最怕後來沒事可寫便悄悄地開始搽脂抹粉，那還不如直接回到小說裡去弄假成真。

那麼，又為什麼回頭寫起了散文呢？啊，長篇小說完成後，才發現內心深處還有一種小說無法承載的空虛，恍如走了一趟過去就讀的母校，便流連在那些課桌椅的記憶裡走不回來了。文學可能就是這樣的吧，覺得它無用，繞了一圈回來還是找上它，像一盞老燈將熄不熄，路人都走遠了，只好陪著它留下來，在這一條老巷口上依偎著它微弱的光。

快八十歲的隱地先生目前還在寫，還像四十年前他催生的爾雅那樣健壯，然而當時的一九七五年我在哪裡呢？想起來了，那年我還沒當兵，文學的浪潮剛開始湧來，不像如今的出版市場只剩一片荒涼的沙灘……。

偶爾走進超市，我便又自然地想起那一罐沙丁魚，極小盒，扁扁，四方長形……。倒不是買了沙丁魚才能寫作，不再年輕總有一個好處，懂得這種溫暖的叮嚀也算是文學的滄桑。

真愛揚長而去

有人正在籌拍短篇小說〈妖精〉。

小說敘述「我」父親因為一場外遇被揭穿，從此變得鬱鬱寡歡，而原本勤儉持家的母親則取得了冷嘲熱諷的發言權，進而成為掌控家庭經濟的女人。殘破的婚姻中男人退位，女權靠著怨恨的力量獲得了平反，表面看來是重新建立了家庭秩序，實際卻是經由疏離冷漠所換來的平靜安詳。直到有一天，「我」突然接到一通電話，才知道事隔多年後，那外遇事件中的女子因失智症被送進了安養院。這時，哀傷的母親總算破涕為笑，憂鬱的父親則是暗自發呆，一家三人後來決定去探望母親口中的「妖精」……。

導演寄來了腳本場次表，初步構想可說完全契合小說情節的推展，聽說整個製作團隊士氣高昂，畢竟故事題材還算新穎，大多聚焦於受害者遲來的勝利以及後來衍生的同情，有別於一般外遇故事總以傳統道德輕易屏棄掉第三者。

會是令人眼睛一亮的精采作品，我想。

可能就因為剛開始太順利，過程中不再多想，只覺得整齣戲好像還遺漏了什麼，雖然故事吸引人就不怕冷場，卻讓我生出一種失落感，而這種感覺卻是當初寫作時不曾有過的。我只好又把場次表重讀一遍，這時終於找到答案了，原來小說裡的「我」幾乎不見了。

「我」是父母親唯一的孩子，他們的婚姻一路走來都看在「我」的眼裡，「我」因此可有較客觀的角度來看待他們這場冷戰爭，在他們無愛的婚姻中充當一個評論者，藉以表達「我」對那個妖精的看法：「我想，父親應該是錯過了，倘若我們生命中都有一個值得深愛的人。」

我用這個觀點和導演溝通時，才知道文學和影像的傳達不無落差。導演站在母親的角度，想要鉅細靡遺地捕捉這個女人的無奈、怨憎和憂歡；

我卻認為如果站在「我」的立場來察言觀色會更好，較有機會表達我對一個男人失去真愛後的傷痛與悲哀。

文學依賴的工具就是文字，只能在有限的敘述中把題旨做大；影像可供運用的輔材甚多，有時不急著表現文學的意圖更能掌握到節制之美。兩者之間的差異說大不大，只要原著的觀點適度讓步，影像的角度也兼顧到文學的意涵，掌鏡者自然就擁有了再創作的空間，不怕沒有盡情揮灑的自由。

藉由幾次信件來回討論後，原本可望趨近共識，不料編劇忽來一信，問我何以確認那「妖精」就是父親的真愛，她說：「多年來在撰寫劇本上，尤其是愛情劇本中，我常問自己『何謂真愛』……。」

啊，這句話把我愣住了。

一個男人被揭穿了外遇，寧願從此頹喪度日，甚至在家庭中讓出了尊嚴和發言權，不就因為失去了真愛才會如此自甘墮落嗎？然而認真一想，我也不禁對自己質疑，倘若外遇事件沒有被揭發，父親也沒有失去外面那個他所愛的，難道他真的就會廝守著對方一輩子？

現實世界裡是否還有真愛，真的很難說了。科技越流行，人類就越感到疑惑不明，愛得天翻地覆的故事每天都有，每個當下都是真的，真的當然也就是假的，否則新科技為什麼還要不斷地發明，不就為了鼓勵以新汰舊，最好是每個追求者都不再忠誠，一個個在新流行中越來越寡情。

真愛也許只能存在於文學藝術或電影裡，所以才有馬奎斯的《愛在瘟疫蔓延時》，為了追求一個追求不到的費爾米娜，作家苦心造就一個十八歲的阿里薩，把他推向一段椎心泣血的漫長旅程。歷經五十三年又七個多月，阿里薩終於等到費爾米娜垂垂老矣，並且正式成為了寡婦，他才帶著她登上了「新忠誠號」輪船，向著大海宣示他那永生永世的愛情。

文學之外的真愛，是那艘船下的滾滾浪花吧，滾滾的漸行漸遠的浪花。

愛的聯結車

真愛揚長而去時，通常只有女人願意留下來收拾殘局。

我們就常常看到這樣的女人，記者會上只見她一副輕裝，沉重而篤定，不容外界對她丈夫有任何一絲懷疑。自從鬧出了沸沸揚揚的緋聞，總有這麼一天需要她來闢謠，明明昨夜以淚洗面，被問到傷心處還是咬緊了牙根，不忘訴說他有多好，除了顧家愛孩子，絕對也是這輩子她最信任的丈夫。記者忍不住咬出事件中的女主角時，她也表現得那麼天真訝異與委屈，露著一汪笑笑的淚水：不可能啊，我是他的妻子，會不知道他是多麼好的男人嗎？

也有一種堅忍不拔的妻子，明知道枕邊人盡做骯髒事，也不得不顧念選戰危急，會在投票日的前夕或更前夕，攜著年幼子女上台哀告父老鄉親，說到激動處甚且撲通一跪，配合著一支傷心的麥克風在那瞬間把自己瓦解。

當然也有更厲害的男人，為了顧全大局，有時根本不等妻子回應，情急之下就把她推到愛情的虎口裡。去年就有一位參選人，選情告急也罷，或者純粹一股為國捐軀的浩浩然情懷，他透過記者拋來的一顆射門球，談起家裡的賢妻突然就感傷起來了，眼睛小小的，說的可是很有志氣的話：我只好請她下輩子找到一個更好的先生……。

花蓮縣鳳林鎮郊有個鐵皮屋住著一對老夫婦，貧困生活中他們每天摘取山間野菜配一碗米飯度日。妻子劉阿妹，開刀後只能坐輪椅，八旬丈夫陳勝貴想出一個辦法，在輪椅前面焊接了一條鐵管扣在他的機車後座上，去醫院看診取藥時夫婦一前一後同行，當地人戲稱那是一台「愛的聯結車」。

有人問劉阿妹，下輩子還要不要嫁給他，答稱不要了，免得害他吃了更多苦。同樣的問題，陳勝貴說，要啊，下輩子我還要繼續照顧她。

世俗中的所謂愛情，通得過考驗的何其少，通常都是男人越有錢，女人就更老。權力使人腐化，寂寞使人老化，權力和寂寞幾乎就是男女雙方的代名詞，聯結車上的那種愛，應該是貧賤夫妻才有的恩寵，畢竟他們本來什麼都沒有，再不彼此珍惜那就連一點點人的價值都沒有了。

世俗之外的真愛，那些追求不到的，彷彿只有文學裡面才有那種執著。谷崎潤一郎的小說《春琴抄》，寫的正是愛的折磨與溫柔。

春琴出身為藥材行的千金，自幼美貌才藝雙全，一場眼疾奪走視力後轉習音律，雙十年華已是三味線的名師。而在藥材行裡當學徒的佐助，偶爾奉命牽著她的手去學堂，由於他乖巧又機靈，深獲春琴和家人的信賴，終於成為每天貼身侍奉春琴的弟子。雖然兩人萌生了愛意，有階級之分的愛情卻不見得相融，明眼的佐助是基於純粹的愛慕，春琴則因痼疾纏身而養成了古怪的性情，就算佐助每天形影不離，仍難以馴服她驕縱幾近虐待的癖性。

谷崎這樣寫：「牽手的時候佐助把左手舉到肩膀的高度，掌心向上，讓她的右手可以搭在上面，對春琴來說佐助這個人似乎只是一個手掌而已。」

春琴高超的琴藝引來了不少仇家，年紀輕輕就遭人用滾燙的熱水毀容而留下滿臉的傷痕，從此羞於見人。佐助為了讓春琴安心度日，或者也是為了把她完整的美貌留印在自己的腦海中，怎麼做呢，他乾脆拿起縫衣針刺瞎了自己的眼睛。

春琴死後，佐助腦海中的真愛果然留存得更久，除了為她築墓安葬，也給自己預留了一個小小的墳塚，位在春琴左前方三尺遠，像要隨時聽候著春琴的召喚，也彷彿預備有朝一日帶著她走向更遠的地方。

一個人的簽書會

微風吹著人影，飯店的廊簷下搖曳著九月的扶桑花，慕名而來的隊伍蜿蜒到窗外斜對面的牆角下了，晚到的人只好曝曬在午後的陽光中。我心疼著那一個個撐傘而來的讀者，只好加快了筆尖的揮灑，多麼希望每簽一本書，那些排在最外面的背影就能稍稍往前挪進一點綠蔭裡。

生平第一次的簽書會，啊，那樣的畫面多美，飯店騰空出來的花廊不敷使用，草地上臨時搭起了兩座遮陽傘，連樓上的宿客都好奇地跑出來圍觀。人潮越聚越多，人人手上抱著一本書，出版社的廂型車又從廣場那邊疾駛進來，一箱箱剛印好的再版書疊在推車上，穿著白制服的門僮不得不捲起袖子跑上去幫忙……。

這時我的心思難免有些急亂，黃昏前肯定是簽不完的了。我匆匆收回窗外的視線，已經又一本書翻開了扉頁擺在我眼前，剃著三分頭的陽光男孩，臉上一股燦爛的神采，真想問他為什麼也來索取簽名，我的筆觸真的走得進那麼純真的心靈嗎？

想像力繼續延伸，輪到一個神祕婦人了，穿著深冬一樣的黑衣，顯然想要不動聲色出現在我眼前，然而她壓低的帽緣還是藏不住那雙熟悉的眼睛。真是浮生若夢，果然就像一部電影的新翻版，啊，多年前的分手來不及怨懟，此刻藉由一本書的重逢馬上勾起了往日的滄桑……

待我真正清醒過來時，窗外果然還是空無一人，陽台上仍然開著單薄的木槿花，看得見的天空依舊是藍與白的平淡，可見馳騁過頭的思緒折返後，重新要面對的還是寫作這條路上的孤單。

「不辦幾場活動怎麼賣書？拜託你出來露個臉吧。」

「簽書會是最基本的呀，保證這本書可以多賣幾版。」

「不然我們安排你接受採訪，讀者認得名字才買書的嘛。」

拗到去年秋天，編輯老闆說得語重心長：「做出版很辛苦的喲。」

今年來到八月下旬，我剛看完另一本書的校對和封面，幾天後一個神祕又沉重的包裹突然寄來了。我正驚喜著印書效率如此神速，不料卻是整整一箱兩千五百頁的白紙，出版社同時來電說明，這些白紙就是書封內的扉頁，要我只管在扉頁的左下角簽名就好，來一場不露面的簽書會聊勝於無。

於是，我這老派宅男的空前懲罰便就如此這般開始了，沒替我想過一個完美主義者是怎樣的簽書呀，先要拔掉眼鏡，額頭趨近紙面，兩眼緊盯著筆尖，務求一筆一畫韻律有致，想像每個讀者就在我的面前，親身目睹著我的細膩落款，如同書裡面的每個字句那麼的真心。

午夜兩點過後，秒針便開始錯亂了，王定國寫完，另一張白紙又重來，很像以前我誤闖南橫的那個黃昏，從台東進去後才發現大霧瀰漫，從此一路難以折返，只好一路緊貼著蜿蜒的山徑蛇行，到處都是黑漆漆的樹影和天空，五個小時後終於瞧見遠處一滴微弱的燈光時，其實已快失去了知覺，再也不想知道那朦朧的山頭究竟位在何方？

若以這天午夜的簽名進度來看，顯然我是落後了，彷彿還沒跨過那天深夜的台東。幸好後來我又重沏了一壺茶，迎著晨光慢慢湧來暗室，想像自己擁有一萬個知音，他們正在各地的書店裡引頸等待。然後，嗯，美好的時刻總算來到了，終於見面了啊，我的親筆簽名貼心地躺在你所看到的扉頁裡，那三個字是多麼充滿著神奇的朝氣呢，猶似帶著一副睡得很飽的笑顏。

離場

無甚改變的一年，只多出了一條軌道，寫起了散文。

同樣都是寫作，對我來說，散文要比小說難，難在使我不自由。如果小說是看他人，散文無疑就是找自己。找自己何其難，挖太深像自戀，挖太淺怕失真，若是每次剛好不深也不淺，那就更沒什麼好戀棧，寫作本非輕鬆事，何苦還要窮念一套經，不如有空四處泡茶聊天。

不然就要有學問，無所不知又能信手拈來，行文處若是非我不可也只需要小露面，只管一路跟著學問走，大瑜掩小瑕，澄淨的天空根本不怕一朵小烏雲。

可惜我既不自戀，學問卻又沒有，加上平日深居小宅，散文可用的生活材料可說空前的少，一篇散文千餘字看似好交差，每週一篇可就有點難琢磨。年輕時不知何謂散文反而好寫，三十年後拾起老筆寫初心，才發覺以前是天真浪漫打水漂，如今則是涉水過膝撿石頭，撿得回來是記憶，撿不回來像失憶，風蕭蕭兮湖水寒，何苦那年丟了那麼多石頭呀，很多很多早就被時間的洪水沖走了。

可是已經答應了下來。去年三四月，主編把我列入撰稿名單，隔不久副總編找我小酌，我好不容易再三婉拒，不料酒後散步回家，他卻在街口突然停下不走了，說得真是語重心長，「唉呀，你負責每個星期一多好，這件事非常重要，因為你是先發投手嘛。」

就這樣，沒多久我把自己說服了。直到一週後寫手們陸續登場，我才發覺不對，忍不住笑了起來，原來整個布陣中就算我是先發，其實也是因為我最老。大聯盟三十個球隊裡，哪個最老的投手不是先露臉，不見得是要借重他老練，恐怕是算準了萬一被打爆，後面多的是各路生猛好手來救援。

那麼，寫什麼呢，終於走上天真又冒險的歧途。寫寫身邊事較無所謂，有時懷起故人也感到非常窩心，卻有好幾次瀕臨著題材上的斷炊，只好臨時撞進了更窮困的童年，把我那些一直隱晦的、永遠不想回顧的，譬如潦倒的父親、早夭的姊姊以及那些殘碎的流離失所的心靈，趁著月黑風高彷彿無人知曉，突然鼓起莫名勇氣全都坦露了出來。

幾個月後卻聽到了消息，說我每次交稿都是破紀錄的早，且又一寄四篇，簡直就是剛開學已經寫好了暑假作業。我說的散文之難，其實有一部分就是難在這個自找的麻煩——既然是硬著頭皮寫，何故還能每次完成四篇，其實是有道理的，說來讓人掬一把淚，都是為了寫小說。

這一年來的小說是這麼進行的：先把專欄散文寫到足夠撐場一個月，緊接著趕快喘口氣、換腔調，猶如重新刷牙漱口兼又練丹田，這麼的慎重其事，無非就是為了接續寫到一半的小說殘篇。小說一直使我念念不忘，畢竟因為只有它讓我感到自由，允許我大量說話，遠離俗世又能關懷他人，且又可以盡情擁抱我所牽掛的人。

然而，突然換軌行車也不能走太遠，若是逾月難以成章，眼看散文庫存又將用罄，說什麼都不能眷戀，只能暫且又把小說擱下，回頭再續幾章散文的衷曲。如此反覆周旋，頗像個廚房生手一次顧兩爐，跑來跑去都是為了添柴薪，免得這邊滾燙了，那邊卻又冷落成為灰燼。

一直到半年過後，慢慢適應了偷天換日的情境，寫作的意趣這才稍漸浮現出來，有時半夜拉它幾下懷舊的小胡琴，有時黃昏裡吹起有點孤單的薩克斯風，兩種文體各在不同的腔調中發聲探路，在這臨老歲月，好有一種想要挽回文學殘夢的蒼涼之美。

這最後的第五十篇，就這樣依依不捨呈現在你面前了。球賽結束囉，投得不好，請多指教。

推薦

我的王定國

陳列

我和王定國初次見面，就如他在〈我的陳列〉這篇短文裡說的，是一九九四年秋天時。那一天是我參選末代省議員過程中最大的一場所謂造勢活動。天已暗了，布置的燈光逐漸亮起，群眾陸續進場，熱場的音樂和人聲交雜在些微興奮浮動的空氣裡。他由林文義陪伴著，坐飛機從台中越過中央山脈，專程來到這個選戰的現場。我們在舞台左後方相見。他把一張十萬元的支票交給我。周遭嘈雜忙亂。在那也許只有十分鐘的時間裡，也如他所說，我們曾講了什麼話，其實已不記得了。甚至於，由於較為閉肅木訥的個性和他所觀察到的我因白色恐怖經驗而殘留下來的「幾分人性的疑忌和疏離」，之後很多年過去，我都不曾與他聯絡攀談。

但我從來沒有忘記他這份相挺的情與義。

而且，我總覺得，我對他並不生疏。

我們有少數幾個共同的朋友，偶爾我會從他們的口中得知他的若干行跡作為，包括他是如何成功的一位建築界要角，他對民主運動幾乎有求必應的長期大力挹注，他因著怎樣的緣故而來的感傷或沮喪，等等。但更常的是，我通過他的文字，祕密地接近他，安靜聽他說話。

早先，我就曾斷續地在晚報的副刊讀過他一系列對商場上的爭逐與其中所糾結著的政治社會人心之敗壞的記述，經常讓人驚心動魄。他在第一次可以直選總統的前一百天，開始一天一篇地記錄他對台灣諸種政經現象的憂思和憤怒時，我剛好也為這場選舉每天在整個花蓮縣的街頭鄉間奔波。選戰過後，我才用他的這一百篇熱情而犀利的憂國日記來反省自己。

至於他早期的創作，無論小說或散文，當時我就不那麼看重了，尤其是那些談情說愛的篇章。因為我總偏見地以為，那些私領域的兒女情長，不但會使人懈怠改革鬥志，更關鍵的是，愛情，都不免要使人陷在癡嗔無明的折騰裡，都必然使人受苦，所以就不必花費心力去描摹渲染了。直到很多年後，有了《沙戲》。

一個個關於人世創傷、困難、孤單、荒涼的故事。一個個四下俱寂又波濤洶湧的故事。既蒼茫又美麗。王定國心思敏銳易感，但他不張揚炫耀，不塗脂抹粉，甚至也不任意放縱想像；他只用洗練過的語言靜靜說話，用內斂的音色和節奏鋪陳事件，用新鮮獨到的眼光所看到的細節深情描繪和敘述，而一些比喻和轉化之類的修辭，自然，生動，極為奇妙。我經常會在他的文字中不時停頓下來，怔愣，嘆息，心神搖盪地感受和體會那些閃爍飄忽、孤冷亮眼，卻又帶著深細暖意的寒光。那是一種詩學的發現，一種對世事人心深刻的洞察和體恤。王定國既那麼世故現實地深入涉人涉事，卻又那麼高貴地不同凡俗。

最近這四年來，他連年出書，備受矚目，各個面向的好評難數。然而在讚嘆他的寫作技藝之外，最讓我難忘的，也仍然是他字裡行間所透露的這份高貴的不同凡俗。那是一種對世間人事物的持義用情，一種精神、品格、志節和氣度。

二〇一七年一月號《印刻文學生活誌》

寂寞的雙刀流

張瑞昌

他的小說是直球對決，屢屢在音符飆到最高時戛然而止，然後頭也不回毫無眷戀地畫下句點。你總覺得那故事似乎還沒講完，有著一種淡淡且無言的憂傷，可他就這麼一句話，「其實我不是故意的，我看重的事物往往就是這麼微小」，那樣似有若無的回答，宛若一球入魂般的決然。

等到他的散文登場後，站在本壘後方觀看，又是另一種風景。

他像是從投手丘換到打擊區，緩緩地掄起球棒站定位置，望向正前方，以一個彷彿遺世獨立的孤高姿勢揮擊。在這長達一年五十個場次的出賽中，他繳出令人驚豔的打擊成績，不論是穿越中間方向的強襲球，沿著右外野邊線滾動的「車布邊」，或者本壘板前落地的短打突襲，甚至逆轉賽事的再見全壘打，這一季的精采表現都讓我們看見一個強力打者的天賦與才華。

其實，關於小說與散文的投打差異，王定國已有個言簡意賅的形容，他說，「如果小說是看他人，散文無疑就是找自己。」然後這個打擊天才如此剖析，「找自己何其難，挖太深像自戀，挖太淺怕失真，若是每次剛好不深也不淺，那就更沒什麼好戀棧。」像個精算師一樣的揮棒，準確地拿捏每一次的擊球點。

是的，寫作就像投球、像打擊，你必須一顆一顆地投，一棒一棒地揮，即使你想投出黃平洋的七彩變化球，也想模仿王貞治的金雞獨立，都得按部就班地來，沒有什麼終南捷徑，遑論旁門走道，就如同應驗了作家所言，寫作本非輕鬆事。站上投手丘，進入打擊區，那個當下的你，就要心無旁騖地做該做的事。

然後，作為一個買了整季套票待在右外野欣賞賽事的老球迷，我從這位天才打者的揮擊節奏裡看見自己的生命軌跡。

他筆下的筏子溪、自由路和綜合大樓讓我想起早已遠颺的童年往事，那裡有我和死黨在南屯楓樹里的野溪垂釣，也有老師帶隊去台中戲院看《英烈千秋》並且哭得唏哩嘩啦的兒時記憶。他因母親召喚而步行的粘厝庄，其實是我後來南下彰化報導福興非法垃圾掩埋場的村落；他走進巷子拿起一本剛到手的黨外雜誌細細讀起，那是我也熟悉位在一信總社旁的書報攤。

生命總有交錯的時候，我讀這一系列發表在「三少四壯」的專欄文章，心裡這麼想著的。那既是作家的生命回首，也是打者的重磅出擊，所以，我要細細地品味，如幾年前書寫的《結拜：我的青春追想曲》，認真地看待生命有過的滄桑與風霜。

我們因而得以窺見了〈秋夜煮粥〉中的鶼鰈情深，他回憶用砂鍋煮粥的情形，「拿著瓷瓢輕繞著鍋底慢慢磨，彷如為了傾注一種苦澀的情感，反覆地磨呀磨，總算提早磨出了粥糜。」作家的筆尖似乎就磨出那一個人為另一個人煮粥的影像，活生生地就這麼從書本裡走了出來。

又譬如〈雲〉描繪的人生劫難，那是我多年前就知悉的江湖傳聞，他寫得像電影劇本裡的情節，妻子在坐月子中心，全家福的照片扔在地上，連自己邊走邊看晚報的過程都還記得。但是遇到關鍵時刻，他相中那超過一百哩的火球，完全不講道理地想投進紅中的那一刻，猛力一揮轟出球場外，叫賣香腸的阿伯看得目瞪口呆。

人們都說天才是寂寞的，建商與作家的身分更是充滿矛盾。他的行文也毫不避諱，甚至像解密般訴說他如超人與記者角色的轉換，告訴我們何謂優雅？低調的奢華是怎麼一回事？職場生涯的浪裡來浪裡去，他化作一次又一次的揮擊，直到他寫〈我的月光〉，一句「人生什麼最難，我覺得是欲望。」帶出「想要作一個有格調的人，有時竟然是需要軟弱的。」文章論格調，他不以華麗詞藻堆砌，說的只是一顆柔軟的心。

這就是人生短打，一記落在本壘、投手和一壘之間三不管地帶的觸擊，點到恰到好處，如他寫「火車撞進港灣」那樣的神來一筆，令人拍案。

最動人的是〈囁嚅〉，那是現代版的〈背影〉，橘子成了柳丁，母親取代父親。王定國選擇一箱遲來的柳丁包裹，藉以表達無比堅韌的母愛，他將母親當年魂牽夢繫的思念寫入其中，然後描述母親悄悄地閱讀，「為了想要理解我為什麼寫作，她試著走進非她所能的閱讀世界。」母親因為學會「囁嚅」兩個字的驚喜，在他寫來，三言兩語，道盡人子的感念。

因為是邀稿單位，總能先睹為快。我總以為王定國的散文時光機是一道任意門，每週來去自如，令人讀得趣味盎然，以致每逢假日當班時，無不引頸期盼。但他卻謙稱自己「三十年後拾起老筆寫初心」，說得無比輕鬆愜意，在〈離場〉之作寫著，「以前是天真浪漫打水漂，如今是涉水過膝撿石頭，撿得回來是記憶，撿不回來是失憶。」似是雲淡風輕，實則痛快淋漓，直是一場電光火石的暢意打擊。

我看王定國，不禁聯想大谷翔平。年僅二十二歲的大谷是日本職棒的曠世奇才，他能投又能打，不僅創下一百六十五公里速球紀錄，二〇一六年還完成超過三成二的驚人打擊率，堪稱是百年難得一見的雙刀流。明年此時，投打雙修的大谷必然是東洋武士前進大聯盟的超級賽亞人。

那王定國呢？左手寫小說，右手寫散文，已習於認真當一個寂寞的「夜行動物」，以其龐雜的商業作息還能安安靜靜獻身於文學，何嘗不是台灣文壇相當罕見的雙刀流呢？

二〇一七年一月號《印刻文學生活誌》

月光城堡
——王定國攻略

張瑞芬

有些人，你太喜歡了會覺得不要見到比較好（這和湯顯祖那個女性粉絲見之失望投水的爛哏不太一樣）。明明一面也沒見過，覺得也和見了差不多。那種心知肚明，像站在草悟道看「月光流域」，心想這王定國是瘂弦的拜把子啊！旁邊應該蓋一棟「時間草原」吧！

王定國之於新一代讀者（大概我也是睡到外太空去的一個），大約算是二〇一三年橫空出世的（和蔣曉雲一樣休眠二十幾年）。他的短篇小說集《那麼熱，那麼冷》一出，你溯溪而上找到二〇〇四年的《沙戲》，兩本一看立馬知道不是池中之物（完全不用後面種種獲獎）。讀者彷彿一條苦花或虹鱒一樣安心地上了勾，用王定國自己的話來說，「那尾虹鱒本來過得好好的。牠無憂無慮唯有飢餓難解，而丹大林道上方的卡社溪是那麼清澈，水上飄著我從台中帶過來的麵包皮，鉤子則是謙卑輕巧的日式伊勢尼。但牠顯然感動著我的癡心，上來的時候毫無牽掛，輕輕拍打著牠的尾鰭，身上的雲斑猶未褪盡，兩隻眼睛安靜地看著農場上空的夕陽」。

自認已經算老鱒的我，第一次看《中國時報》副刊上王定國寫的〈姊姊〉，就真心認了輸。文中才華洋溢的姊姊貧病早夭，作者抄了她床底下的作文簿代替她得了獎，彷彿讓她一瞬間活了過來，也讓作者「第一次知道生命可以這樣懷念」，「我本來就不想忘記，所以一直不敢悲傷」。噢！這文章想頭好啊！果然是有話要說的，像他最擅長的，重點不是故事，而是那背後的想像。之後再讀到帶生病老父就醫的〈父親〉一文，父親老態龍鍾的溫馴對照狂打作者耳光的昔日，文章兩線交織，切換迅疾，父子情結，微妙深刻，文字乾淨節制到驚人了。這是早前小說王定國所不曾給人的驚奇。那些小說裡抑鬱的中年男人，旅店投宿，溯溪野釣的陌生客都是王定國自我的投射無疑，但這個魔鬼班長到底是哪個散彈坑裡爬出來的啊？

捕獲野生王定國，雖然佩服他的真心，畢竟散文不同於小說，千把字不易駕馭，容易打爆。我幸災樂禍，無比癡心地想看看這先發投手何時要失手。結果連著看了多篇，〈雨夜〉與〈是啊，是這樣啊〉有無奈且微妙的父親形象，〈信仰〉是路邊攤的人情債，〈果嶺〉是老友的初心沉淪，〈驚鴻〉老男人外遇疑雲令人笑倒，〈傷口〉言體罰驚心動魄，〈低調〉與〈低調的奢華〉裡種種有錢人的嘴臉，〈探路〉裡微妙的婆媳默契堪比小津安二郎《東京物語》。包括〈我的月光〉、〈四十歲〉，〈蝴蝶〉、〈優雅〉、〈凝視〉、〈黃昏寫作〉、〈手感〉、〈一個人的簽書會〉……篇篇都是極品。

一千字左右的散文極難寫，接近於小說裡的極短篇，剛起步就要收尾了，主題須扣得緊，沒一個字可浪費的。即使是知名且有經驗的作家，寫作這種每週見報的專欄，照我的估算大概良率僅有一半，少數的例外大概是柯裕棻和黃麗群，現在又多一王定國。王定國這系列專欄還擅長寫人，你瞧他寫作家陳列慢半拍溫吞吞的神態，林文義在熱水器旁陽台的振筆疾書，隱地那「極小盒，扁扁，四方長形，封面紅紅綠綠，吃起來有幸福感」的沙丁魚罐頭。你發現他不寫人簡直是可惜了，神技術3D、4K、120格啊！任何人給他的紅外線雷達眼一掃，都像李安掌鏡般痘疤雀斑纖毫畢露，無比真實。實則我一點也不想落到他的眼裡，但隔著一杯早餐咖啡讀一個聰明人的心事倒是愉快。

我開始剪報紙做成學生講義（顧不得這等老人行徑了），期待這本散文集的出版，免得我淹沒在一堆破片碎紙之間。也實在是近一兩年散文文壇太寂寥，連找書來評都成為不可能的任務。更糟的是，我可能也到了王定國〈簡單〉一文的年齡——閱讀一本書，不再喜歡那些繁複的學問，只想知道有沒有打動我。王定國的文字就有這樣的綿裡針，看他的文章恍惚間讓我想起周志文教授《同學少年》裡的貧賤與屈辱。人不窮，是看不見人性低處的。王定國〈回家〉與〈電梯〉是鹿港童年窮人家的自卑；〈傷口〉寫兩個被老師巴頭的倒楣學童，他不批體制也不針對人，結論竟是「哭的時間如果不對，哭聲就難以持久，聽起來也不會特別感人」。

就那麼淡，簡靜，像紛紛飄下的櫻花，一地落英。也像他《誰在暗中眨眼睛》裡那些沒有結局，有著無言憂傷的小說。紛紛開且落的，也像那些真實活在社會中的沉默男主，醜女、小三與殘疾人。

在二〇一六年結束之際，終於等到這本散文集《探路》，全新且微溫，還泛著暈黃的光影，全書看似散寫隨心，其實統整嚴密，依主題共分四輯：「出航」是童年往事，「停泊」寫家人親子，「對峙」言職場征戰，「歸來」回返文學初心。前二者是第一次掏出來的真心，質量很是驚人，除父母外，對老妻與兒子的百轉千迴，掛念憐惜都很深刻，像詹宏志的《人生一瞬》，後兩輯切切於理念的堅執，從俗世到創作，純真的喪失與重拾，就很像林文義的《迷走尋路》了。

王定國小說頻頻獲獎，有人說他擅長赫拉巴爾般的喧囂中的孤獨，也有人說像孟若的短篇，用簡單的故事呈現人生的不簡單。他自言寫作如釀酒封罈，沉澱攪拌後，浮上來的寫進小說，飄成煙霧的變成詩。散文之於他，是在有限的真實中躑躅，找不到定位的惶惑。但是《探路》之後，王定國顯然找到了自己獨特的路徑，為自己確立了一座里程碑。慧眼識英雄的，除了馬達老闆3.0的初安民，現在還加上一中國時報副刊厲害主編。

人生行路，煙雨江湖，那些說不出口的壓抑，內斂而極具美感的敘述，精準語言加正刮倒削的幽默感，到了散文，蛻變成暖色調的踽踽獨行，街燈探路，好似Simon & Garfunkel的〈沉默之聲〉（*The Sound of Silence*），在不安的夢幻中，獨自行走於狹窄的鵝卵石街道，但是我的話猶如雨水滴落，在寂靜的水井中迴響。一圈圈盪開，無止無盡到天邊。

王定國自言寫作這系列散文的過程是和小說同時並行的，猶如廚房生手一次顧兩爐，難免「這邊滾燙了，那邊又冷落了」，但或因如此，小說和散文產生的互文性，也像花瓣飄落土裡，化作春泥又護花。〈囁嚅〉曾是他的小說篇名，此番散文又拿來寫寡言的母親；而散文〈借事〉那對偶爾訂下房子後來無事生波鬧翻了的小情侶，不就是小說新作〈昨日雨水〉

的原型嗎？

記不得誰說的了，只有心中有祕密的人，才能了解我們心中的祕密。這光鮮亮麗的世界給戳破了口子，任誰看著都毛渣渣的不舒服（《比利．林恩的中場戰事》北美票房不佳，良有以也）。王定國不只在房產業打滾多年，法院那一套生態也使他世事熟諳，人情洞察，從幾篇文章特別可以見出。〈今晚去哪裡吃飯〉和〈信仰〉就是很有趣的一組觀察。前者一包燒餅加幾個落難老友，晚餐時刻飯店大廳裡沒人開口相邀飯局，那種微妙的沉默，和路邊攤巧遇昔日出手相救的窗簾廠商，對方卻誤以為他如今處境落魄（灰撲撲的夾克與鵝肉攤），大方為他買單。文章最後一筆，才叫有意思：「既然他要請客，我就悄悄地把最後那盤鵝肉刪掉了。」小說新作〈昨日雨水〉裡小情侶情事生變，購房夢碎，對照以法院和建商冷冰冰的公文法條，文字所能到達的世界，豈不諷刺？

而〈低調的奢華〉與〈低調〉，講的就是財大氣粗的派頭與心態了。對真正的富豪來說，門禁森嚴的孤高（「我不想散步時碰到熟人」），就是所謂的低調（「四戶打通外圍陽台弄成走道，以便晚餐後可以繞著行走」）。「低調」二字，既作為自欺欺人，掩飾奢華，也能讓狂妄自大的人套上謙虛的外衣。連看預售屋的迎賓車都得曲徑藏幽，上演007的戲碼。那隱身樹叢，拿出望遠鏡眺望車影離去，想知道顧客可能流落何方敵營的售貨員，「機敏地穿越了自己的視野，彷彿終於縮短了貧富差距，用一個小小的鏡看透了人間社會的薄情」。這也太有畫面感了。同此，〈優雅〉中拚業務拚到出車禍的作者，「摩托車滾到大輪胎下面，我的靈魂看著自己的肉體飛起來，整個頭像一顆秋天過後還沒摘下來的野柚子垂在樹梢。」

這冷面笑匠，文字除了簡靜，還特具一種衝突感。例如「人生每件事在出錯之前往往都是對的」，「我一直活在悲劇裡，但是我很幸福」。言〈優雅〉，實則是分錢；說〈純白〉，其實是染黑的過程。猶記得多年前他寫自己被綁架蒙眼的過程，在絕對的清醒中一分一秒面對死亡，歹徒塞進他嘴裡的菸和一飲料吸管，一根實心，一根空心（我看到這兒當場笑倒，非常之沒有同理心的〉）。此人就像杜斯妥也夫斯基上刑場，注意到行刑士兵左袖第三顆扣子生鏽了，極端荒謬感加存在感。

王定國自稱，「我為什麼寫作，就像我為什麼不寫作」（〈今晚去哪裡吃飯〉）。希爾頓不在克難街，沙戲、苦花、落英、某某、黑影、鱒魚。光看他以前的小說篇名就知來者不善。攤開一整個感觸敏銳，既熱且冷的世界，王定國耐心地折磨自己也折磨著我們。然而這本散文新作《探路》，簡直天使墜落人間，有那麼一瞬，我都覺得王定國會後悔起來，策馬追回送到編輯檯上的稿子，然後把它毀屍滅跡不發表了。

不知道為什麼讓我看了多遍的，是《探路》中的〈凝視〉、〈我的月光〉、〈雨夜〉這三篇文章。一隻長達四十米的彎曲的眼睛，傾注著一種不見不散的淒迷，它應該看見那月光下佝僂的老農，草悟道雨夜中狼狽收傘的街頭藝人，和王定國一樣的，那是我生活的領域，也沾染了一樣的塵世與真心。

王定國筆下的世界，是深黑林子裡埋著一座月光城堡，青黑的心子發著光。這裡人煙稀少，寂寞最多，卻也收穫了猛惡林子不能見光的心事，與一隻鳥拍拍翅膀就能全然飛越的自由。

二〇一七年一月號《印刻文學生活誌》

發表時序

中國時報・人間副刊「三少四壯」專欄

二〇一五年五月十八日　隱地之人
二〇一五年五月二十五日　雨夜
二〇一五年六月一日　雲
二〇一五年六月八日　秋子
二〇一五年六月十五日　黃昏寫作
二〇一五年六月二十二日　今晚去哪裡吃飯
二〇一五年六月二十九日　一日花
二〇一五年七月六日　是啊，是這樣啊
二〇一五年七月十三日　父親
二〇一五年七月二十日　囁嚅
二〇一五年七月二十七日　暗戀
二〇一五年八月三日　想一人
二〇一五年八月十日　姊姊
二〇一五年八月十七日　回家
二〇一五年八月二十四日　綠川最後一尾泥鰍

二〇一五年八月三十一日　電梯
二〇一五年九月七日　傷口
二〇一五年九月十四日　沉默
二〇一五年九月二十一日　純白
二〇一五年九月二十八日　愛妳二三
二〇一五年十月五日　我來去如風
二〇一五年十月十二日　書房
二〇一五年十月十九日　強盜多襄丸
二〇一五年十一月二日　山居
二〇一五年十一月九日　我的陳列
二〇一五年十一月十六日　一個人的簽書會
二〇一五年十一月二十三日　低調
二〇一五年十一月三十日　秋夜煮粥
二〇一五年十二月七日　探路
二〇一五年十二月十四日　布袋戲
二〇一五年十二月二十一日　手感
二〇一五年十二月二十八日　鳥飛過天空
二〇一六年一月四日　借事
二〇一六年一月十一日　四十歲

二〇一六年一月十八日　低調的奢華
二〇一六年一月二十五日　我的月光
二〇一六年二月一日　凝視
二〇一六年二月十五日　兩個人的寫作
二〇一六年二月二十二日　信仰
二〇一六年二月二十九日　天寒
二〇一六年三月七日　真愛揚長而去
二〇一六年三月十四日　愛的聯結車
二〇一六年三月二十一日　最想見的人
二〇一六年三月二十八日　優雅
二〇一六年四月四日　簡單
二〇一六年四月十一日　蝴蝶
二〇一六年四月十八日　驚鴻
二〇一六年四月二十五日　果嶺
二〇一六年五月二日　愛意
二〇一六年五月九日　離場

INK PUBLISHING

文學叢書 527

探路

作　　者　王定國
圖片提供　王定國　黃昶憲
總 編 輯　初安民
責任編輯　陳健瑜
美術編輯　林麗華　陳淑美
校　　對　王定國　吳美滿　陳健瑜

發 行 人　張書銘
出　　版　INK 印刻文學生活雜誌出版有限公司
新北市中和區建一路249號8樓
電話：02-22281626
傳眞：02-22281598
e-mail：ink.book@msa.hinet.net
網　　址　舒讀網http：//www.sudu.cc

法律顧問　巨鼎博達法律事務所
施竣中律師
總 代 理　成陽出版股份有限公司
電話：03-3589000（代表號）
傳眞：03-3556521
郵政劃撥　19000691 成陽出版股份有限公司
印　　刷　海王印刷事業股份有限公司

出版日期　2017年2月　初版
2017年2月10日　初版三刷
ISBN　978-986-387-141-5

定　價　330元

國家圖書館出版品預行編目資料

探路／王定國 著；
--初版. --新北市中和區：INK印刻文學，
2017.02　面；　公分.（文學叢書；527）
ISBN　978-986-387-141-5（平裝）
855　105024381